英文解字

Learn Word Formation
through Affixes

關傑才　著

U0132336

商務印書館

英文解字
Learn Word Formation through Affixes

作　　者：關傑才

責任編輯：黃稔茵　黃家麗

封面設計：涂　慧

出　　版：商務印書館(香港)有限公司

　　　　　香港筲箕灣耀興道3號東滙廣場8樓

　　　　　http://www.commercialpress.com.hk

發　　行：香港聯合書刊物流有限公司

　　　　　香港新界荃灣德士古道220-248號荃灣工業中心16樓

印　　刷：美雅印刷製本有限公司

　　　　　九龍觀塘榮業街6號海濱工業大廈4樓A室

版　　次：2021年6月第1版第1次印刷

　　　　　© 2021商務印書館(香港)有限公司

　　　　　ISBN 978 962 07 0582 3

　　　　　Printed in Hong Kong

編輯說明

　　本書為關傑才先生針對初級英語學習者所寫的詞彙學習書。為保留原書面貌，編者僅修改個別錯字，改用英式英語音標取代舊版音標，原文中的"響音字母"改為"元音"，"啞音字母"改為"輔音"，"現在無限時態"改為"簡單現在時態"，古英語如 trigon 改為現代英語 triangle、seraphina 改為 seraphine，另增加練習題，內容保持不變。

　　關傑才畢業於廣州嶺南大學社會學系，曾任該大學訓導主任。一九四八年先到香港，後再轉到澳門定居，曾任當時澳門國華戲院西片字幕翻譯員，亦曾任當時澳門德仁書院英文科主任及其他中學教務主任及高中英文科老師。

　　五零年代末期關先生創辦"關氏英專"，教授在職人士英語，分初、中、高三班。退休後不遺餘力，擔任公開大學特約講師及文字翻譯等職，教授英語多年，同時有教授外國人廣東話之豐富經驗。本館曾出版關傑才編寫的《英譯廣東口語詞典》(*A Dictionary of Cantonese Colloquialisms in English*)，廣受歡迎，是翻譯工作者必備的參考工具書。

商務印書館編輯出版部

自序

　　我國文字有：一曰指事、二曰象形、三曰形聲、四曰會意、五曰轉注、六曰假借等，號為六書，或稱六體。六書中：以形聲、會意、轉注三者，及字典部首等結構作用，與英文字頭字尾或構詞成份，比似互相類近也。

　　余本鄙陋庸薄，文無所底，學無所宗。雖謬為人師凡卅餘載，但亦常患不精，故每兀兀終日，搜源索義，以增所缺。幸有一得，即記之，錄之，彙積成冊，且曾作講義頗受歡迎，但仍未敢付梓。蓋拾人牙慧，貽笑方家而已。后悉坊間書肆尚乏此類詳盡之作，迺不自慙悚，冒沒出版，絕非敢抱立言而建不朽之心，祇望藉以為有志於研習英文者，一指之助耳。

　　先師曹炎申博士，著作等身，曾以英語對來穗學習粵語之外籍官學生演講。其時值余忝任廣州市基督教青年會中學教務主任，曹師著陪末席，聆其教育高論。事後彼此相談，謂曹博士所用字眼精簡而奧，其英文造詣可謂深矣。然彼亦曾語余曰，能識基本字彙，加以明其結構，便能運用於股掌之間昧其言，則編寫此書似無不善也。至於有病以中文編寫者，則余祇可以飽者不食，渴者方飲之理自辯。況今有人力主以母語教授外語，更使事半功倍，則余又何為自鳴學識而唬人耶。

　　余愧未能貪多務得，且家無餘書足供參考，是故陋誤難免，唯望前輩指正。

鼎革後第七十年（辛酉）七月七日
關傑才漢三序於蓼莪書齋

CONTENTS
目 錄

字頭之部（甲）Prefixes (Part A)

a-	an-	archaeo-	by-
ab-	ant-	as-	caco-
ac-	ante-	at-	co-
acro-	anti-	atmo-	col-
ad-	ap-	auto-	com-
aero-	apo-	be-	con-
af-	ar-	bi-	counter-
ag-	arch-	bio-	

de-	di(a)-	en-	extra-
di-	dis-	ex-	for-

fore-	inter-	neo-	omni-
hex(a)-	mis-	non-	
in-	mono-	ob-	

pan-	pro-	step-	un-
par(a)-	re-	sub-	uni-
poly-	self-	super-	vice-
post-	semi-	tele-	zoo-
pre-	sex-	trans-	

副詞虛字轉來字頭 Prefixes from Adverb Particles

by-	out-	up-
down-	over-	with-
in-	under-	

字頭之部（乙）Prefixes (Part B)

字尾之部（甲）Suffixes (Part A)

字尾之部（乙）Suffixes (Part B)

拼字技巧 Spelling Skills

默書常用拼字規則 Spelling Rules for Dictation

附錄 Appendices

字頭之部
(甲)

Prefixes
(Part A)

a- 至 zoo-

字頭字尾的來源和價值

英國曾經幾度給不同的外人入侵，而語文很自然也經歷了很大改變，加以商業、政治及科學等的需要，不少已由外來語取代，即使僅存，也亦面目全非了。更何況，事實上，英語也如法語、意語或西班牙語，大半都由拉丁語蛻變而來。

至於字頭和字尾的來源，不外來自羅馬文 (Romanic)、拉丁語系的拉丁語或法語 (Latin 或 French) 和條頓文 (條頓 Teuton 為公元前四世紀出現於歐洲中部的民族，即現在所稱的英國人、德國人及荷蘭人等，相傳這個民族為日耳曼的一支) 等三大類。它們的主要任務是擴闊了字彙的領域及詞類變化的性質，因此明白字頭或字尾的作用及意義時，所識的字彙也相應增加，而且在詞類的改變及運用，同樣也得心應手。

在現代英語中，有些在字典裏也找不到的新字，都是在字根上加頭加尾而創造出的。說起字典 dictionary，這個英文字的本意，據一位學者說是“推測”。當我們碰到一個新字時，可以從它的結構及上文下理猜出其意義。他的話是否真實，因我學識淺薄，無法武斷，但在我的卅餘載苜蓿生涯中，確也曾以“推測”來應付過幾次尷尬的場面。記得我在廣州市市民大學 (其實是公開大學講座) 擔任一個專題演講時，那些“大學生”未能看重我這位年青“教授”，曾經當眾考過我。但幸運地也以“推測”的手法，把要“考”我的字的結構逐一還原，應付過去。

我編寫這本書的目的，是要說明字頭字尾的價值。不過讀者要記着“世上無沒有例外的法律”這句話，也萬不能以此作為“萬應仙丹”。

字頭字尾及構詞成份之多，有若恆河沙數。以牛津大辭典及韋氏新國際辭典這兩本權威字典所編入的，也各異其趣。如各大學除辦英國語言文學系外，還辦英文文字學時，我相信即使窮三四年光景，也未必盡窺全豹。因此，我只好把它們分成甲乙兩部。乙部所載的較甲部的罕用。其餘有關專業性的字詞，如化學及各類科學，則不予編入。

a-

(拉和條) 此字頭有以下意義：

(a) 表示加強語氣。

> 如：a- + rise = arise（升起了）。

(b) 表示 "在⋯⋯狀態中" 或 "在⋯⋯上"。

> 如：a- + sleep = asleep（在睡眠狀態中）、a- + bed = abed（在床中）、
> a- + foot = afoot（徒步，由 on foot 轉來）、a- + fire = afire（着火，
> 由 on fire 轉來）等。

(c) 表示 "和⋯⋯有關"。

> 如：a- + kin（血統）= akin（和⋯⋯有關係）。

(d) 表示 "離去" 或 "反向"。

> 如：a- + vert（改變宗教）= avert（背轉）及 a- + bate（減輕）= abate（廢
> 除）等。

(e) 表示 "無" 或 "不"，在這情形下，頗近乎英文字頭 un-。

> 如：a- + morphology（形態）= amorphology（無形態）、a- + ment(al)（心
> 智的）= ament（智力不全的）、a- + gon（表示角形的字尾）= agonic
> （不成角形的）、a- + theist（信有神者）= atheist（不信有神者）等。

ab-

(拉) 加在拉丁字源的字前，表示 "脫離" 的意思。

如：abduct（誘拐）、abstract（提取）、absent（缺席）、absolve（免除）、
abscond（潛逃）、abdicate（退位）及 abjure（發誓斷絕）等。

這字頭加在以 p、m 或 v 字母為首的字時，只為 a-；在以 f 為首時，便
為 au-；在以 c 或 t 為首時，則為 abs-。

ac-

（拉）為 ad- 的變體，只加在以 c、k 或 qu 為首的字根前。

如：accept（接受）、acknowledge（承認）、acquire（獲得）等。

acro-

（希）表示 "最高"、"頂" 或 "尖端" 等。

如：acrophobia（畏高症）、acrogen（頂生植物）及 acrobat（雜技 / 高空表演）等。

ad-

（拉）表示 "變化" 或 "加添" 等。

如：admix（混合）、admeasure（分配）、adpress（壓平）、administer（執行）、adhere（黏着）等。

這 ad- 字頭，為了和字根的第一個字母融合的關係，如果字根的第一個字母是 b 為 ab- ；f 為 af- ；g 為 ag- ；l 為 al- ；m 為 am- ；n 為 an- ；p 為 ap- ；r 為 ar- ；s 為 as- ；t 為 at- 。

如：abbreviate（縮寫）、affix（貼上）、aggrandise（擴張……權力）、allay（減輕）、ammeter（電流錶）、annotable（可註解的）、approve（批准）、arrest（拘捕）、attempt（嘗試）和 assemble（集合）等。

aero-

（希）表示 "空中"、"空氣"、"氣體" 或 "飛行"。

如：aerobatic（特技飛行）、aerography（氣象圖表）、aeroplane（飛機）、aerophobia（畏高症）及 aeronaut（飛船）等。

af-

這字頭等於 ad-，不過它加在以 f 為首的字而已。

如：affair（事情）及 affect（影響）等。

ag-

這字頭也等於 ad-，加在以 g 為首的字前。

如：aggress（侵略）及 aggravate（加重）等。

an-

（希）這字頭只加在以元音或 h 為首的字前，表示"無"或"非"。

如：anarchy（無政府狀態）、anarthria（無說話能力）、anhydrous（無水的）及 anharmonic（非和諧的）等。

ant-

這字頭放在以元音為首的字前，與 anti- 相同。

如：antagonism（對抗性）及 antagonise（中和）等。

ante-

（拉）表示"前"或"在……之前"。

如：antecedence（居先）、anteroom（前室）、antetype（原型）及 antedate（先於）等。

anti-

（拉）表示 "對抗"、"抗" 或 "反" 等。

如：anti-war（反戰）和 anti-septic（防腐）等。

但 anti- 在以 a- 為首的字根前，則只為 ant-。

如：antacid（抗酸劑）、antalkali（抗鹼劑）及 antagonise（對……起反作用 / 中和）等。

ap-

這字頭為 ad- 的變體，通常加在以 p 字母為首的字前。

如：approve（批准）、append（附加）及 appendix（附錄）等。

apo-

（希）表示 "離去"、"分" 或 "叛" 等。

如：apogamy（無配生殖）及 apocope（語尾省略——如 though 略為 tho）等。

ar-

等於 ad-，當加在以 r 為首的字前為 ar-。

如：array（使排成陣勢）、arrears（欠款）及 arrange（安排）等。

arch-

（希）表示 "首要"、"主要" 或 "總"。

如：archbuilder（首席建築師）、archenemy（主要敵人）、archbishop（大主教）及 archcriminal（罪魁禍首）等。

archaeo-

（希）表示 "古"、"原始" 或 "始祖" 等。

如：archaeology（考古學）、Archaeozoic（太古時代）及 archaeopteryx（始祖鳥）等。

as-

等於 ad-，加在以 s 為首的字前。

如：assignation（指定）、associable（可以聯想的）及 assort（把⋯⋯分類）等。

at-

為 ad- 的變體，加在以 t 為首的字前。

如：attest（證明）、attach（附加）及 attemper（沖淡）等。

atmo-

（希）表示 "氣" 或 "大氣層" 等。

如：atmosphere（氣氛）、atmoseal（氣封法）及 atmospheric（大氣層的）等。

auto-

（希）表示 "自動" 的意思。

如：autoboat（自動艇）、automobile（自動車）、autonomist（自治論者）、automat（自動裝置）及 autohypnotism（自我催眠）等。

be-

（條）加在及物動詞前，表示：

(a) "全體" 或 "到處"。

　　如：beset（圍攻）、besmear（塗滿）。

(b) "充份"。

　　如：belove（愛極）和 bedrench（浸透）等。

　　加在名詞或形容詞前，所表示的意義大致如上，只不過把原本的名詞或形容詞改作及物動詞而已。

　　如：becloud（遮蓋）、bedew（沾濕）、befoul（弄污）、befriend（以朋友態度對付）、bedeck（裝飾）及 bedevil（迷惑）等。

bi-

（拉）表示 "兩"、"二倍" 或 "重" 等意義。

如：bimonthly（兩月一次的）、bicentenary（二百年一次的）、bigamic（重婚的）及 bilingual（兩種語言的）等。

bio-

（希）表示 "生" 或 "活" 的意義。

如：biography（傳記）、biology（生物學）、biophysicist（生物物理學家）、bioscope（放映機）及 biophotophone（有聲電影放映機）等。

by-

（條）此雖為字頭，但其實由英文前置詞轉來，當把它加在名詞或分詞前，如複合詞一樣，有時可以連寫，但有時亦可加連字號分寫。它的意義是"附近"、"邊"、"側"、"副"或"次要"等。

如：by-gone / bygone（過去的）、by-lane（小巷）、by-line（副業）、by-name / byname（別號）及 by-pass / bypass（旁路）等。

caco-

（希）有些語言學家認為它是構詞成份而非字頭，但另外一些則持相反意見，因為他們認為它其實是希臘文字頭 kako- 的蛻變體，這個問題我們不必爭論。至於它的意義則是表示"惡"、"醜"或"劣"。

如：cacodaemon（惡鬼）、cacoethes（惡癖）、cacography（劣的書法）、cacology（不當措辭）等。

co-

（拉）含義為"互"、"共"、"一起"、"互相"或"合作"等。

如：co-act（共同行動）、co-operation（合作）、co-ordinate（同等）、co-heir（共同承繼人）。

col-

此為 com- 的變體，當 com- 加在以 l 為首的字前，要把 com- 拼成col- 。

如：collateral（並行的）、collinear（共線的）及 collocation（並置）等。

com-

(拉) 表示"與"、"合"、"共"或"全"等意義，此字頭多數加在以 b、p、m 等字母開始的字根前。

如：combine (結合)、company (合夥 / 公司)、companion (同伴)、communion (共有) 及 community (公社 / 社會) 等。

但 com- 這個字頭，如所連結的字的第一個字母為 c、d、f、g、j、s 或 v 時，則為 con-；為 l 或 r 時，則為 col- 或 cor-。

如：concert (音樂會)、concentre (集中在同一中心)、conductor (音樂指揮)、conformation (一致)、congregation (集合)、conjugate (結合)、consent (同意)、collaborate (合作)、correspondence (符合) 等。

con-

這也是 com- 的變體，當加在以 c、d、f、g、j、n、q、s、t 或 v 等字母為首的字前，com- 要拼成 con-。

如：concord (和諧)、condominium (共管)、conform (使一致)、congenerous (同種的)、conjoin (使結合)、connatural (同性質的)、conquer (征服)、consensus (一致)、context (上下文) 及 conversation (交談) 等。

counter-

(法 / 拉) 表示"反"、"逆"、"對付"或"重複"等意義。

如：counterattack (反攻)、countercharge (反告)、counterclockwise (反時鐘方向)、countercurrent (逆流)、countercheck (制止 / 覆查)、counterweigh (抵銷)、counterpart (副本) 及 counterfeit (仿造的) 等。

de-

(拉) 表示：

(a) "下"、"除去" 或 "離開" 等。

> 如：debark (離船)、depress (壓下)、decline (斜下)、
> detrain (下車)、depilate (拔毛) 及 depart (離開) 等。

(b) "完全"。

> 如：defunct (非現存的) 及 denude (剝光) 等。

(c) 如果加在法語語源的字前，大致和 dis- 所表達的意義相同。

> 如：defrost (解凍)、deform (使變形)、derange (擾亂) 及 derail (出
> 軌) 等。

(d) "減少" 或 "降低"。

> 如：devalue (降低價值)、deduct (扣除) 及 deteriorate (降低品
> 質) 等。

di-

(希) 表示：

(a) "兩"、"雙重" 或 "兩次" 等。

> 如：diad (兩重／對稱)、dihedral (兩面的) 及 dichotomous (將⋯⋯分
> 成兩部份) 等。

(b) "分開" 或 "倒轉"，與 dis- 同義。

> 如：diametric (正好相反的)、dialyse (分離) 及 diamagnetic (反磁性
> 的) 等。

di (a)-

此字頭加在以輔音為首的字時為 dia-，但加在以元音為首的字時為 di- 。

(a) 表示"隔"、"通過"、"橫過"或"斜"等。

如：diaphragm（隔板）、diagonal（斜紋的）及 dioptric（折射）等。

(b) 表示"分離"或"識別"。

如：diacritical（區分的）、diagnose（診斷）及 dialectic（辯證法的）等。

dis-

（拉）加在動詞或形容詞前，有時亦加在少數名詞前，表示：

(a) 與原本的字根意義相反或否定的意思。

如：dis- + appear（出現）= disappear（失蹤）、dis- + advantage（利）= disadvantage（不利）、dis- + approve（贊成）= disapprove（不贊成）、dis- + honest（老實的）= dishonest（不老實的）及 dis- + graceful（有名譽的）= disgraceful（不名譽的）等。

(b) "分離"、"剝奪"或"除去"。

如：dis- + assemble（集合）= disassemble（解散）、dis- + bar（律師業）= disbar（取消……的律師資格）及 dis- + arm（武器）= disarm（繳械）等。

en-

（法）當這字頭加在名詞或形容詞時，便構成及物動詞，其意義含有：

(a) "使……成為……"。

如：en- + able（能夠）= enable（使……能夠）、en- + case（箱）= encase（放……入箱）、en- + slave（奴隸）= enslave（使……成奴隸）、en- + cage（籠）= encage（放……入籠）、en- + courage（勇氣）= encourage（使……有勇氣）及 en- + chant（吟唱）= enchant（使……心醉）等。

(b) "使……處於……境地"。

如：en- + danger（危險）= endanger（使……危險）及 en- + dear（親愛）= endear（受……鍾愛）等。

ex-

(拉) 表示：

(a) "出自……"。

如：exclude（除……之外）、excrement（糞便）及 excurrent（流出的）等。

(b) "超過"。

如：exceed（超出）及 exaggerate（誇大）等。

(c) "免除"。

如：excommunicate（開除……的教籍）及 expel（放逐）等。

(d) 當這個字頭加在 "職位" 名詞前，用連字號串連起來時，含有 "前任" 的意思。

如：ex-president（前任總統）及 ex-chairman（前任主席）等。

extra-

（拉）含有"額外"或"特別"的意思。

如：extraofficial（職權以外的）、extralegal（不受法律制裁的）、
extraordinary（非凡的）、extraspecial（特別優秀的）及
extravagance（奢侈）等。

for-

（條）表示：

(a) "不"。

如：forget（忘記）及 forgive（饒恕）等。

(b) "禁"。

如：forbid（禁止）及 forbear（自制）等。

(c) "否定"或"忽視"。

如：forgo（不顧）、forsake（拋棄）及 forswear（立誓不會／戒除……）等。

(d) "過度"。

如：forbear（克制）及 fordo（破壞）等。

fore-

（條）表示"在……之前"（指時間或位置）。當它放在動詞、動詞形的形
容詞或名詞前，含義為：

(a) "在前"。

如：forejudge（未審判的判決／臆斷）、foregone（以前的）及 forearm
（前臂）等。

(b) "預先"。

> 如：foretell（預言）及 foreshadow（預兆）等。

(c) "領導"。

> 如：foreman（工頭）及 forerunner（先驅者）等。

hex (a)-

(希) 事實上，這為構詞成份而非字頭，它表示"六"的意思，當把它加在以輔音為首的字時，則為 hexa- ，否則只為 hex- 而已。

如：hexa- + gon = hexagon（六角形）、hex- + angular = hexangular（有六角的）、hexa- + pod = hexapod（六足動物）及 hexa- + style = hexastyle（六柱式的）等。

in-

(拉) 這字頭應分開認識，以下幾點不容混淆。

(a) 這字頭為一種出自英語中的前置詞或副詞的 in- ，又或出自拉丁語前置詞的 in 時，含有"在內"或"在……之內"意義。不過這意義有時失去作用，所以並不明顯於例子中。正因這點，這 in- 字頭，有時會寫成 en- 。

> 如：inquire（查詢）寫成 enquire；inclose（隨函付上）寫成 enclose；incrust（包外殼於……）寫成 encrust，但絕不是凡 in- 都可寫成 en- 。

(b) 當 in- 這字頭加在拉丁字根前面時，如這字根的第一個字母為 l 則因要同化的關係，in- 要拼為 il- 。

> 如：illegal（不合法的）、illusion（錯覺）等。
>
> 如為 r 時，則為 ir- 。

如：irruption（闖進）、irregular（不規則的）及 irreclaimable（不可取回的）。為 m、p 或 b 時，則為 im-。如：immigrate（從外國入境）、immediate（無間隔的）、impartial（不偏袒的）、imbecility（低能）及 impurse（放……入錢袋）等。

(c) 這字頭加在拉丁語源的字根前，除有"在……內 / 中"或"進"的意義外，還表示"不"或"無"的否定意思。

如：innocent（無辜的）、inaccurate（不正確的）、incapable（無能力的）、independent（不依賴的 / 獨立的）及 indefinite（無限的）等。

inter-

（拉）含意為"中"、"互"、"交"或"際"等。

如：interdependent（互相依賴的）、interrupt（中斷）、interchange（交換）、international（國際）及 interclass（班際）等。

mis-

（條）表示"壞"、"錯"、"誤"、"惡"或"邪"等。

如：misadministration（管理失當）、miscalculate（算錯）、misbehave（行為不當）及 misdoing（惡行）等。

mono-

（希）這字頭表示"單"或"獨"。

如：monoacid（一元酸）、monocycle（單輪腳踏車）、monodrama（獨腳戲）及 monoplane（單翼飛機）等。

neo-

（希）表示"新"的意思。

如：neo-colonialism（新殖民地主義）、neo-fascism（新法西斯主義）及 neo-impressionism（新印象派）等。

non-

(拉) 此字頭和 in- 和 un- 都表示反意。但 non- 則在意義上較弱，當它加在形容詞、名詞或副詞前，它的含義為 "非"、"不" 或 "無" 等。

如：non-human（非人類的）、non-periodic（非週期性的）、non-resistance（不抵抗主義）、non-elastic（無彈性的）、non-effective（無效用的）及 non-essential（無關重要的）等。

ob-

(拉) 這為拉丁字頭，如字根的第一個字母為 c、f、g 或 p 時，ob- 便要和那字母同化而分別寫為 oc-、of-、og- 或 op-。它的含義為：

(a) "倒" 或 "向……"。

如：offer（獻給）及 oblique（斜的）等。

(b) "阻礙"。

如：obstacle（阻礙）及 obturate（封閉）等。

(c) "敵意" 或 "抵抗"。

如：obstinate（固執）、oppose（反對）及 offend（犯罪）等。

(d) "壓制"。

如：oppress（壓制）及 oblige（強迫）等。

(e) "隱蔽"。

如：obfuscate（使……模糊）及 obliteration（塗抹）等。

omni-

（拉）表示 "全部"、"總"、"遍及" 或 "一切" 等。

如：omnicompetent（有全權的）、omnifarious（五花八門的）及 omnipresent（無所不在的）等。

pan-

（希）表示 "全"、"泛" 或 "萬" 等意義，通常加在國籍或宗派等字之前。

如：Pan-American（泛美的）、Pan-Asian（泛亞的）、panchromatic（全色的）、panacea（萬靈藥）及 pantheism（泛神論）等。

par (a)-

（希）表示：

(a) "旁"、"側" 或 "外"。

如：parathyroid（甲狀旁腺的）、parenteral（不經腸道的）。

(b) "相似"、"有密切關係"、"副" 或 "輔助" 等。

如：paramilitary（對軍事有輔助作用）、paraphernalia（隨身用具）、paraprofessional（輔助專業的）、paramour（情夫／婦）等。

(c) "庇護"。

如：parachute（降落傘）、parapet（欄杆／護土牆）及 parasol（太陽傘）等。

(d) 表示 "用降落傘" 或 "平排" 等。

如：paratroop（傘兵部隊）和 paragraph（段落／分段）等。

poly-

(希) 表示 "多"、"複" 或 "聚" 的意思。

如：polyandry (一妻多夫制)、polyarchy (多頭政治)、polycentrism (多中心主義)、polyester (聚酯纖維)、polygamy (一夫多妻制)、polygraph (複寫器 / 測謊機) 及 polyclinic (綜合醫院) 等。

post-

(拉) 有 "後" 或 "次" 之意，通常加在名詞面前構成解作 "……後" 的另外一個新字。

如：postwar (戰後)、postgraduate (大學畢業後)、postoperative (手術後的) 及 postscript (書後 / 附錄 / 再啟者) 等。

pre-

(拉) 含義為 "預"、"先" 或 "前"。

如：pre-election (選舉前)、prevent (預防)、prepare (預備)、preplan (預先計劃)、prewar (戰前)、prevision (預見) 等。

pro-

(拉) 有 "副"、"代"、"親"、"贊成"、"向前"、"按照"，或甚至 "先" 和 "前" 等意義。

如：proconsul (副領事)、pronoun (代名詞)、procession (進行 / 遊行)、project (方針 / 計劃)、progress (前進 / 進步)、probation (試用 / 見習) 及 progenitor (祖先 / 先輩) 等。

re-

(拉) 此字頭通常加在動詞及其派生詞前，含義為：

(a) "再" 或 "反"。

> 如：re-read (重讀)、retell (再告)、readjust (再整理)、react (反應 / 反動) 及 re-elect (再行選舉) 等。
>
> 在此情形下，差不多可以加在任何動詞前面而另構新字，但因為有些來自法文的字，這 re- 字頭是與字俱來，並非另行加上的，那麼為了避免和也有 re 的原字互相混淆之故，在拼寫時，re- 和字根之間應加 -(hyphen)，如果不是這樣，會使人誤解。理由是有 - 和沒有 -，有些字的意思是有異的。
>
> 如：re-cover (再蓋上) — recover (復原)、re-mark (再加記號) — remark (注意)、re-act (再做 / 重演) — react (反應 / 反動)、re-solve (再加說明) — resolve (決意)、re-hearse (再把……入殮) — rehearse (反覆講 / 排練)、re-count (重計) — recount (細述)、re-pair (再配成對 / 再使……交尾) — repair (修理) 等。
>
> 至於讀音方面，也有分別。如 re- 和字根之間有 - 時，re- 和字根都重讀，否則 re- 不重讀。

(b) "反對" 或 "對抗"。

> 如：rebel (反叛) 及 resist (抵抗) 等。

(c) "遺" 或 "後"。

> 如：relic (遺物) 及 remain (剩餘) 等。

(d) "反覆" 或 "精細 (加強)"。

> 如：refine (提煉) 及 research (調查 / 詳加探究) 等。

(e) "打消"。

> 如：resign (辭職) 及 retire (退休) 等。

self-

(條 / 拉) 這本來是一個獨立的字，詞類屬於名詞。但很多時給人用作字頭而構成另一個新字，它可以加在名詞、形容詞或幾乎任何及物動詞之前。當它加在動詞前，它有反身代名詞的受格作用，但在拼寫時，通常要加以 -，它的含義有 "自……" 或 "自我……"。

如：self-abandonment（自暴自棄）、self-appointed（自己作主的）、self-binder（自動釘裝機）、self-centred（自我本位 / 中心的）、self-confidence（自信）、self-control（自制）、self-culture（自學 / 自修）、self-made（自製的）、self-service（自助）、self-slaughter（自殺）及 self-will（任性）等。

semi-

(拉) 表示 "半"、"不完全" 或 "在一段期間內兩次的" 等意義。

如：semi-automatic（半自動的）、semi-lunar（半月形的）、semi-feudal（半封建的）、semi-professional（半職業性的）及 semi-monthly（每月兩次的）等。

sex-

(拉) 意為 "六"。

如：sexagenarian（六十多歲的）、sexcentenary（六百年的）、sexpartite（六部份的）及 sexangular（六角形的）等。

和這字頭同義的還有 sexi-，但所構成的字不多，從略。

step-

(條) 這個可稱為字頭，也可稱為構詞成份的 step 本出自古代英語，它是給人用以表示人倫關係的 "繼"、"異父母" 或 "後" 的意思。

如：stepmother (後母)、stepfather (後父)、stepbrother (繼父與其前妻或繼母與其前夫所生的兒子) 及 stepparent (繼父 / 母) 等。

sub-

(拉) 這個字頭的意義頗廣，大致有以下含義：

(a) 表示 "在……的下面"。

如：subjacent (下層的)、submarine (水底的)、submontane (在山腳下)、suborbital (眼睛下面的) 及 subway (地下鐵路) 等。

(b) 表示 "低" 或 "副" (就地位或職務而言)。

如：sub-editor (助理編輯)、subagent (副代理)、submanager (副經理) 及 subhuman (低於人類的) 等。

(c) 表示性質的 "次"、"亞" 或 "遜" 等。

如：subcontinent (次大陸)、subsidiary (次要的)、subnormal (低於正常的) 及 subatomic (亞 / 次原子的) 等。

(d) 表示 "分" 或 "更"。

如：subarea (分區)、sublet (分租)、subdivide (把……再分) 及 subcommission (委員會所屬分會) 等。

(e) 表示 "幾乎……的" 或 "有些……的"。

如：suberect (幾乎直立的)、subadult (幾乎盛年的) 及 subacid (有些酸味的) 等。

(f) 表示"輔助"。

　　如：subordinate (從屬性的)、subsidise (津貼) 及 subservient (輔助性的) 等。

　　不過這字頭，有時因為要和所附的字根第一個字母同化關係，而要拼為 sum、sur、suc、suf、sug 或 sup。

super-

(拉) 表示下列各義：

(a) "在……之上"。

　　如：superscribe (寫 / 刻上……)、supercolumnar (置柱於另一柱上) 等。

(b) "超級"。

　　如：superman (超人)、supermarket (超級市場) 及 superconscious (超意識的) 等。

(c) "過份"。

　　如：superheat (使……過熱)、supercool (使……過冷)、superfluity (過剩) 等。

tele-

(希) 表示"遠"的意思。

如：telephone (電話)、television (電視) 及 telephoto (攝影用的遠攝鏡) 等。

trans-

（拉）表示：

(a) "超越" 或 "在……那邊的"。

> 如：transnational（跨越國界的）、transnatural（超越自然的）、
> transpacific（在太平洋那邊的）及 transoceanic（在海洋那邊的）等。

(b) "貫通"。

> 如：transparent（透明的）、transfix（戳穿）、transmit（傳送）及
> transportation（運輸）等。

(c) "轉移" 或 "變易"。

> 如：translate（翻譯）、transfer（轉移 / 調派）、transform（改變）、
> transmute（使……變形）及 transplant（移植）等。

(d) "橫過" 或 "橫渡"。

> 如：transatlantic（橫渡大西洋的）、transcurrent（橫過的）及
> transcontinental（橫貫大陸的）等。

un-

（條）這個字頭加在不同詞類時，有不同作用。當它：

(a) 加上動詞前，表示相反的動作。

> 如：un- + arm（配有武器）= unarm（解除武裝）、un- + bind（屈曲）=
> unbend（伸直）、un- + seal（封口）= unseal（不封口）及 un- +
> tie（綁）= untie（解開）等。

(b) 加在普通名詞前而構成及物動詞，含義為 "廢止" 或 "使……喪
失……"。

24

如：unsex（使⋯⋯喪失性能力）、unman（使⋯⋯喪失男人氣慨）及
unking（使⋯⋯喪失王位）等。

(c) 加在普通名詞前而構成及物動詞，除以上含義外，有時也可以表達
"由⋯⋯出"或"由⋯⋯離開"。

如：unbosom（吐露心事）、unhand（把手從⋯⋯移開）、unearth（從
地下發掘出來）、undock（使船出塢）及 undress（使⋯⋯脫衣）等。

(d) 加在形容詞或副詞前，含義為"不"、"非"、"無"或"未"等。

如：unhappy（不快樂的）、uncommonly（不平凡地）、unalloyed（非
合金的）、unartificial（非人為的）、unambitious（無野心的）、
uncertain（不肯定的）、unbroken（未經打破的）及 unapproved（未
經同意的）等。

在前面字頭 in- 裏曾說過 in- 在拉丁語源的字前表示"不"，現在 un- 也
表示"不"。因此這兩者之間的分別要加以注意。

一般來說，拉丁語系的形容詞多數以 -ate、-ant、-ent、-ble 或
-ete 為尾。在此情形下，用 in- 為佳。至於英文語源的形容詞，字尾為
-able、-ed 或 -ing 等時，便要用 un-。

uni-

（拉）表示"一致"或"單"的意思。

如：uniform（一致的 / 制服）、unify（統一 / 使⋯⋯成一體 / 劃一）、unicorn
（獨角獸）及 unicellular（單細胞的）等。

vice-

這個 vice 有五個詞類，如名詞、前置詞或甚至動詞，但這裏所說的是
字頭那一個。它表示"次"、"代理"或"副"等。

如：vice-chairman（副主席）、vice-consul（副領事）、vice-minister（次長）及 vice-manager（副經理）等。

不過，有一點要留意的是字頭的 vice 和所接的字中間，通常加以 -，否則會成為同義的前置詞了。如在 Mr. Lee has been chosen vice Chairman Kwan.（李先生已被選並代替關主席）。這句話中的 vice 便是前置詞。但如果在 Mr. Lee has been chosen vice-chairman.（李先生已被選為副主席）。中的 vice 則無疑是字頭或構詞成份。至於見在 vice versa 中的 vice 則為拉丁語，不可同日而語。

ZOO-

表示"動物的"。

如：zooblast（動物細胞）、zoochemistry（動物化學）、zoo-ecology（動物生態學）等。

副詞虛字轉來字頭

Prefixes from
Adverb Particles

by- 至 with-

除上列的字頭外，還有一些由副詞虛字 (adverb particles) 所轉來的。所謂副詞虛字，其實也即是前置詞 (prepositions) 的別用字而已。（我覺得初學英文的人，每每給"名稱"攪得頭昏腦脹，尤其是"名稱"的"譯名"）。此類字頭的意義，大致上和本身的字義無大出入，一般來說，幾乎可從字面領悟到，現舉其慣常使用，如下：

by-

表示"附近"、"側"、"旁"或"次要"等意義。

如：bylane（小巷）、bypass（旁路）、by-product（副產品）、bystander（旁觀者）及 byway（次要方面）等。

down-

表示"向下"或"徵"之意。

如：downflow（向下流）、downhearted（精神頹喪的）、downright（垂直向下）、downthrow（投下）、downcome（滅亡）及 downtrain（下行火車）等。

in-

這個字頭雖然也是和上部份的 in- 一樣串寫，但性質、意義或甚至讀音也不大相同。讀音方面，這個 in- 應重讀。至於意義，則表示"內"、"入"或"本來的"等。

如：inbeing（本質）、inborn（與生俱來的）、income（入息 / 收入）、indoor（戶內）、indraft（吸入）、inflow（流入）、input（輸入的電量）、inlet（入口）及 inlay（鑲入）等。

out-

當它加在名詞、動詞、形容詞或分詞前而構成另一個新的名詞、動詞或形容詞時，顧名思義，主要是表示"出"、"向外"、"外"或"遠"等意義。

如： outcry（喊出）、outcurve（向外彎曲）、outhouse（外屋／戶外廁所）、outflow（外流）、outpatient（外／門診病人）及 outdoors（在戶外）等。

除字面意義外，**out-** 這個字頭還有以下各不同的含義：

(a) 表示"超出"、"超過"或"勝過"。

如： outbid（出價高過……）、outdo（勝過……）、outreach（超出……範圍或提供外展服務）、outrank（地位比……高）、outfox（比……狡猾）及 outspeed（比……走得快）等。

(b) 如果把它加在以某種性格或特點見稱於人的專有名詞前，而構成一個及物動詞時，表示在某特點或性格方面"比……超過"，例如大家都知道從前的羅馬皇帝凱撒為專政暴君。換言之，凱撒的特點是專制的暴君型，提起他，略知歷史的人，沒有不知的。因此假如我們說"他是個比凱撒更凱撒的獨裁者"時，我們便要說 He is a dictator who out-Caesars Caesar。句中所用的 out-Caesars 這個字為及物動詞，以 Caesar 喻獨裁或專政，加了 out- 後，這個字無形中暗喻為更獨裁。因此，這句話的實在意思應該是"他是個比凱撒更獨裁的獨裁者。"

over-

這個字頭可以加在名詞、形容詞或動詞之前，其中尤以加在動詞前最為普遍。這也可以顧名思義，所含意義和字面意義差不多，表示：

(a) "在……之上"或"在……上空"。

如：overbridge（天橋）、overhead（在上頭的）、overflight（飛過上空）及 overfilm（把薄膜蓋在……上）等。

(b) "超乎……之上"、"過份"、"超出……之外"或"勝 / 超過"。

如：overcome（戰勝）、overdye（把……染得過深）、overfeed（餵得太多）、overeat（吃得過飽）、overdo（煮得太熟）、overpay（多付給……錢）、overbid（出價過高）、overpower（壓倒）及 overplay（把……角色演得過火）等。

(c) "加在……身上"及"額外"等。

如：overcoat（外衣）、overtime（超時）、oversubscribe（超額認購 / 訂購）等。

under-

表示：

(a) "在……之下"及"下面"等。

如：underground（地下）、underfoot（在腳下）及 undermentioned（下面所提及的）等。

(b) "低於……"（就程度而言）及"次於……"（就地位而言）等。

如：underlet（低價租出）、underrate（估價低於……）、underpay（低付薪金）、under-clerk（下級職員）、undersecretary（次官）及 undergraduate（在學的大學生 / 肄業生）等。

(c) "不足"或"未"等。

如：underexpose（曝光不足）、underfed（營養不足的）、underhanded（人手不足的）、underdone（未煮熟的）、understock（未充份供應存貨）及 understate（未充份表達實情）等。

(d)“穿在底下的”。

> 如：underdress（內衣）、underskirt（底裙）、underwear（貼身內衣）
> 及 undervest（汗衫）等。

up-

表示“上”、“向上”、“在／向……高處”及“起”等。

如：up-class（上流社會）、upcast（上投／拋）、uphill（向上的）、upwing（向上搖）及 uptake（舉起）等。

with-

加在動詞、名詞或分詞前而構成表示“相等”、“向後”或“逆”等同類詞。

如：withdraw（取回）、 withhold（扣留）及 withstand（反抗）等。

字頭之部
(乙)

Prefixes

(Part B)

aeri- 至 tri-

aeri-

（拉）雖和 aero- 一樣都有"空氣"的意思，但這個則來自拉丁語，在意義上較着重於"氣"。

如：aeriform（氣體性的）、aerify（使……氣化）及 aerial（大氣的）等。

amphi-

表示"兩邊"、"兩類"及"圍繞"等。

如：amphibious（兩棲的）、amphibolous（模稜兩可的）、amphitheatre（圓形劇場）、amphimixis（兩性生殖）及 amphisbaena（兩頭蛇）等。

astro-

表示"星"、"天體"或"宇宙"等。

如：astrogate（作宇宙飛行）、astrology（占星學）、astrograph（星象攝影機）及 astrocompass（星象羅盤）等。

bis-

這字頭等於 bi-，但只用於 c 或 s 之前。

如：bisect（把……分為二）及 bisexual（兩性同體）等。

centi-

表示公制度量衡中之"百"或"百分之一"等。

如：centigramme（公毫＝百分之一克）、centimetre（公分＝百分之一公尺）及 centilitre（厘升＝百分之一公升）等。

centr-

表示 "中心" 或 "中" 等。

如：centralise（集中）、centralism（中央集權制）及 centrist（中間派份子）
等。

chemi-

表示 "化學的" 等。

如：chemist（化學家）。與此字頭同義的字頭有 chemico 及 chemio。

chlor-

(希) 表示 "綠" 或 "氯"，多用於化學方面。

如：chloramine（氯胺）、chloride（氯化物）及 chlorophyll（葉綠素）等。

chromat-

(希) 表示 "顏色" 或 "染色質" 等。

如：chromatist（顏色學家）、chromatogram（色層）、chromatin（染色質）
及 chromatron（彩色電視顯像管）等。

chron-

表示 "年代" 或 "時間" 等。

如：chronograph（計時器）、chronological（年代學的）、chronicle（編年史）
及 chronometer（航行錶）等。

cine-

表示“電影”。

如：cinecolour（彩色電影）、cinemascope（寬銀幕電影）、cinema（電影院）及 cineprojector（電影放映機）等。

cis-

加在地方名詞前。表示“在⋯⋯這邊的”。

如：cisatlantic（在大西洋這邊的）、cislunar（在月球這邊的）及 cismontane（在山這邊的）等。

cry (o)-

（希）表示“冰冷”或“凍結”等。

如：cryobiology（低溫生物學）、cryometer（低溫計）及 cryophyte（冰雪植物）等。

crypto-

表示“暗昧”、“隱藏”或“秘密”等。

如：cryptogram（密碼）、cryptology（隱語／密碼學）、cryptonym（匿名）及 cryptogamic（隱花植物）等。

cubi-

表示“立方體”或“立方”。

如：cubical（立方的）、cubism（立體藝術派）及 cubiform（立方形）等。

cyto-

表示 "細胞" 或 "細胞質"。

如：cytochemistry (細胞化學)、cytokinesis (細胞質分裂)、cytology (細胞學) 及 cytoplasm (細胞質) 等。

dent (i)-

(拉) 表示與牙齒有關的。

如：dentary (牙骨)、dentiform (齒狀的)、dentilingual (齒舌音) 及 dentist (牙醫) 等。

e-

這其實是 ex- 的變體，但用處不多，只在以下各字見之。elicit (引出)、eject (逐出)、egest (排泄) 及 egress (外出) 等。

不過別穿鑿附會，以為有 e- 開頭的字，便是這個字頭。

ect (o)-

(希) 希臘語 "在外面" 的字轉來。所以用作字頭時，也保留其原義。

如：ectoblast (外胚層 / 葉) 及 ectogenesis (體外發育) 等。

eo-

表示 "黎明" 或 "原始" 等。

如：eohippus (始祖鳥)、eolith (石器時代的石器) 及 eosin(e) (曙紅色) 等。

epi-

表示"在……之上"、"……之外"、"在……之前 / 後"、"在……之旁 / 間"及"除……之外"等。

如： epidermal (外皮的)、epifocus (震中)、epigenesis (新生論 / 後成說) 及 epigraph (卷首語) 等。

geo-

(希) 本義為"土"和"地"的希臘合體語，用作字頭時，也保留其本義。

如： geochemistry (地球化學)、geography (地理學) 及 geology (地質學) 等。

gyn(a)eco-

表示女性或與婦人有關的。

如： gynaecologist (婦科醫生)、gynecoid (有關女性特徵的) 及 gynaecology (婦科學) 等。

helio-

表示"日光"、"天然色"或"太陽"等。

如： heliograph (拍太陽相機)、heliochrome (天然彩色)、heliolatry (太陽崇拜) 及 heliotherapy (日光療法) 等。

hemi-

(希) 此字頭和 semi- 同義。但 hemi- 為希臘語源，而 semi- 為拉丁語源。同時 semi- 有時可以表示"不完全"或"一部份"，而 hemi- 則着重於"半"或"一邊"。

如：hemicycle（半圓）、hemiplegia（半身不遂症）及 hemisphere（東 / 西半球）等。

homo-

表示 "同一" 或 "共同"。

如：homocentric（同中心的）、homogeneity（同質）、homograph（同形異義字）、homologate（同意）及 homosexual（同性戀）等。

hydro-

表示 "水" 或 "氫化的"。

如：hydroairplane（水上飛機）、hydroelectric（水力發電）、hydrogen（氫）、hydrogenolysis（氫解作用）及 hydrofoil（水翼船）等。

hyeto-

表示 "雨"。

如：hyetograph（雨量分佈圖）及 hyetometer（雨量計）等。

hygro-

表示 "濕氣"。

如：hygrometer（濕度計）及 hygrometry（測濕法）等。

hyper-

表示 "過多 / 度"、"超乎……" 或 "對……大肆……" 等。

如：hyperactive（過度活躍的）、hyperaesthesia（感覺過敏）、hyperbolise

（對……大肆誇張）、hypercritic（對……大肆批評）及 hyperelastic（彈性過強 / 超彈性的）等。

hypno-

表示"催眠"或"催眠狀態 / 術"等。

如：hypnogenesis（催眠）及 hypnotise（施催眠術）等。

hypo-

表示"在……之下"、"輕度……"、"低 / 次於……"。與此同義的字頭尚有其他，但這個字頭僅見於與化學或科學有關的字中。

如：hypoblast（皮下組織）、hypogeal（地下生的）、hypomania（輕度狂躁症）及 hypophosphite（次磷酸鹽）等。

intro-

表示"帶入"、"進入"或"介紹"等。

如：introduce（介紹）、intromit（准許……進入）及 introduction（導論）等。

jet-

這本來是個獨立字。其義為"噴射"或"噴氣"。但時代推進，不少新產品都用噴射原理而創造，因此便利用此為字頭而構成複合詞。

如：jetplane（噴射機）、jetfoil（噴射船）及 jetport（噴射飛機機場）等。

kilo-

加於度量衡計算單位名詞前，表示"千"。在十進制推行中，有人不顧

"依約從俗"的原則，堅持以"千"稱謂。其實所謂"千"者，只為公制的叫法，為何不以"公斤"或"公尺"等叫法，使人在概念上有習慣感？閒話少提，舉例如下好了。

如：kilometre（公里＝千米）、kilolitre（公升＝千升）及 kilogramme（公斤＝千克）等。

micro-

表示"小"、"微"或"微量"等。

如：microbiology（微生物學）、microbus（微型公共車）、microcomputer（微型電腦）及 microprint（縮微印刷）等。

此外又表示"由小而擴大的……"。

如：microphone（傳聲擴音器）及 microscope（顯微鏡）等。

myria-

這也是加於計算單位名詞前，表示"萬"。但由於英文無"萬"這個字，所以用"十千"代替。

如：myriagramme（十公斤，亦即所謂十千克）及 myriametre（十公里，亦即所謂十千米）等。

neur-

表示"神經"。

如：neuritis（神經炎）、neurology（神經病學）、neurasthenia（神經衰弱）等。

petro-

表示與 "石" 有關的東西。

如： petrochemistry (石油化學)、petrol (石 / 汽油)、petrology (岩石學) 及 petrosal (石一般硬的) 等。

phil (o)-

表示 "愛好"、"慈善" 或 "語文" 等。

如： philharmonic (愛好音樂的)、philander (好女色的)、philanthropist (慈善家)、philology (語文學) 及 philologise (研究語文學) 等。

phon (o)-

這和字尾 -phone 有些分別。-phone 着重於器材方面，但 phon(o)- 則較着重於 "聲" 或 "說話"。不過後加器材名詞時，則當別論。

如： phonetics (語音學)、phonometer (測音器)、phonofilm (有聲電影) 及 phonograph (留聲機) 等。

phot (o)-

表示 "光"、"光電" 或 "照片" 等。

如： photoactive (光敏的)、photocell (光電池)、photostat (直接影印本)、photocharting (攝影製圖) 及 phototelegraph (傳真電報) 等。

phyt (o)-

表示 "植物"。

如： phytochemistry (植物化學)、phytoecology (植物生態學) 及 phytotherapy (植物治療法) 等。

pseud (o)-

表示"偽"、"冒"或"仿"等。

如：pseudonym（假名）、pseudomorph（假像）、pseudograph（冒名作品）及 pseudoclassic（仿古典的）等。

psycho-

表示"心理"或"精神"等。

如：psychology（心理學）、psychoanalysis（心理分析學）及 psychopath（心理變態者）等。

quadr (o)-

這字頭和 quadri- 相等。如所接的字以 a 字母為首時為 quadr-，否則為 quadri-。它表示"四"、"第四"或數學上的"平方"和"二次"等。

如：quadrangle（四角形）、quadraphone（四聲道的唱片／錄音帶／收錄／播放）、quadricentennial（四百週年的）及 quadripartite（四分的）等。

此外，又有 quadru- 這個字頭。至於意義，也是一樣。

如：quadruply（四倍）及 quadruplet（四胞胎）等。

quasi-

表示"類似"、"半"或"准／算是"等。

如：quasi-official（半官方的）、quasi-historical（准／算是歷史性的）及 quasi-shawl（似圍巾的東西）等。

Sino-

此字頭屬專有名詞。當它接上另一個專有名詞而構成複合詞時,表示 "中國" 或 "華"。

如:Sino-Anglo (中英) 及 Sino-American (中美) 等。

如直接加在另一個字前,則純為字頭。

如:Sinology (漢學) 及 Sinophile (愛好中國文化的人) 等。

soci-

表示 "社會" 或 "交際"。

如:socialism (社會主義)、socialite (社會名流)、sociology (社會學) 及 sociopath (反社會人格者) 等。

steno-

這本為 stenographer 的簡寫字。但當它用作字頭時,表示:

(a) "速記"。

如:stenograph (速記文字) 及 stenotypist (速記打字員) 等。

(b) "狹……性"。

如:stenosed (患器官狹窄症的)、stenohaline (狹鹽性的) 及 stenophagous (動物狹食性的) 等。

stereo-

表示 "立體的"。

如：stereogram（立體圖）、stereograph（立體照片）、stereometer（立體計算器）、stereophony（立體音響）及目前流行的所謂 "立體聲的" stereosonic 這個字。

syn-

除這字頭外，還有 sym-、syl-、syr- 及 sys- 等寫法。不同的寫法是根據所接的字的第一個字母而定。如在 l 前為 syl-；在 b、m 或 p 前為 sym-；在 r 前為 syr-；在 s 前為 sys-，甚至為 sy-。不過都表示 "共"、"合"、"同"、"連同" 或 "同時" 等。但有一點要注意，其中有些接上這字頭的字，已經失去其本身意義了。

保持原義的字有 syllepsis（文法上的兼用法）、symmetry（對稱／均齊）、sympathise（同情）、symphony（交響樂）及 synaesthesis（同時感覺）等。失其本義的字有 syllabus（要目）、symbol（記號）及 symbology（象徵學）等。

ter-

表示 "三"、"三倍"、"三重" 或 "三次" 等。

如：tercentenary（三百年）及 tercet（三拍子／三連音）等。

theo-

表示 "神" 或 "理論" 等。

如：theology（神學）、theocrat（神權政治）及 theory（理論）等。

thermo-

（希）沒有 o 時，源為希臘語中 "熱" 和 "暖" 的合體字，後來英語借用，又再加上 o 這個字母作為字頭用，並保留其原義。

如：thermodynamic（熱力的）、thermoelectricity（電熱學）、thermograph（溫度記錄器）及 thermometer（溫度計 / 寒暑表）等。

tri-

（希 / 拉）表示 "三" 或 "三倍" 等。

如：triangle（三角）、triarchy（三頭政治的政府）、tricycle（三輪腳踏車）、triplicate（一式三份中的一份）及 trishaw（三輪人力車）等。

雖然在意義上和 ter- 一樣，但由於這個字頭源出於希臘或拉丁語，所以用起來較為廣泛。

字尾之部
(甲)

Suffixes
(Part A)

-able 至 -y

-able

附加在動詞或名詞便構成表示"可以／能夠……的"的形容詞。

如：breakable（可碎的）、drinkable（可飲用的）及 portable（手提的）等。

大致來說，幾乎多數的及物動詞都可以加上這個字尾。

-ac

這字尾本是用以構成形容詞的，但現在有這個字尾的字，已經給人作為名詞用了。表示"有……特性的／人"或"……病的／人"。

如：elegiac（悲哀的／哀歌）、maniac（瘋狂的）、demoniac（惡魔的／着魔的人）、cardiac（心臟病的／心臟病患者）、coeliac（腹腔病的／腹腔病）等。

這字尾通常前面有 i 這個字母，所以有人把它作 -iac 字尾。

-acal

上面說過，ac 字尾的字，本為形容詞，但後用作名詞。因此，如果把這個以 ac 為尾的字恢復為形容詞用時，則再加 -al 而成為 -acal。

-acea

（拉）字尾加在拉丁語後而構成眾數動物學名詞，表示"……科／類"。

如：crustacea（甲殼類）。

-aceae

（拉）字尾加在拉丁語後而構成眾數植物學名詞，表示"……科／類"。

如：Pinaceae（松樹科）、Acanthaceae（爵床科）及 Rosaceae（薔薇科）等。

-acious

這字尾一般加在動詞後而構成形容詞。表示"充滿……的"、"傾向於……的"或"溺於……的"。

如：fallacious（令人失望的）、mendacious（好說謊的）、pugnacious（好鬥的）及 loquacious（多說話的）等。

-acity

這字尾是把以上的 -acious 字尾的形容詞構成同義的名詞。

如：fallacity、mendacity、pugnacity 及 loquacity 等。

-acy

這字尾附於形容詞後而構成抽象名詞。它的意義為："性質"、"狀態"或甚至"職位"等。

如：autocracy（獨裁）、primacy（首位）、accuracy（準確性）、tendency（趨勢）、conspiracy（陰謀）及 prelacy（高級教士的職位）等。

-ade

參閱字尾之部（乙）之 -ade。

-age

附於名詞或動詞後而構成抽象名詞，表示"活動"、"動作"、"狀態"、"環境"、"身份"或"費用"等。

如：marriage（婚姻）、breakage（破損）、postage（郵資）、pupil(l)age（學生身份）及 dockage（碼頭費）等。

-al

(a) 構成形容詞時，表示"具有……特性的"、"適於……的"或"屬於……的"等。

> 如：comical（滑稽的）、normal（正常的）、poetical（有詩意的）及 autumnal（屬於秋季的）等。

(b) 由動詞構成名詞時，表示該動作的結果或過程。

> 如：arrival（到達）、avowal（公開宣佈）、recital（背誦）、betrothal（訂婚）及 acquittal（宣判無罪）等。

-an

此字尾有以下的功能：

(a) 加在和地方有關的名詞後而構成形容詞，其意義表示"屬於／關於……的"。

> 如：metropolitan（大都市的）、Roman（羅馬的）、suburban（郊外的）及 Armenian（亞美尼亞的）等。

(b) 加在地方專有名詞後而構成形容詞或名詞時，表示"有……地／人／文的"。

> 如：American（美國的／人／美式英文）、Indian（印度的／人／文）及 Belgian（比利時的／人）等。

-ana

這本是一個獨立的字，意為"語錄"，但也可作為字尾用，加在專有名詞後，表示"……人的語錄"、"某人的逸事"或"某人的文獻／集"等。

如：Shakespeariana（莎士比亞文獻）、Americana（美國文物誌）及
Confuciana（孔子逸事／語錄）等。

-ance

這字尾通常把有 -ant 字尾的形容詞變為抽象名詞用，含意為性質或
狀態。

如：assistance（幫助）、abundance（豐富）、importance（重要性）、
resistance（抵抗）、elegance（優雅）及 hesitance（躊躇）等。

-ancy

這字尾大致和 -ance 相同，但意義則較 -ance 強得多，而且只含有性
質或狀態而沒有動態的意義。

如：constancy（不變）、hesitancy（躊躇）、malignancy（惡意）、militancy（交
戰狀態）及 flippancy（輕率）等。

-ant

(a) 構成形容詞時，表示“⋯⋯的”。

　　如：militant（好戰的）、radiant（發光的）、defiant（目中無人的）及
　　　　discrepant（矛盾的）等。

(b) 構成名詞時，表示“⋯⋯者／物”。

　　如：occupant（佔領者）、accountant（管賬者）、stimulant（刺激品）、
　　　　disinfectant（消毒物）及 servant（僕人）等。

-ar

當這個字尾構成形容詞時，其作用和 -al 或 -ary 大致相同，都是表示
"屬於……的" 及 "有……特性的"。不過它更表示 "有……形狀的"。

如：regular（正規的）、popular（流行的）、consular（領事的）、insular（島
形的）、piacular（贖罪的）、triangular（三角形的）及 rectangular（長
方形的）等。

此外，-ar 加在動詞之後，作用和讀音都和 -er 一樣，表示 "……的人 / 物"。

如：beggar（乞丐）、liar（說謊者）及 scholar（學者）等。

-ard

這字尾本出自法語，因法語中有這字尾的字；又本為德語，相信和英語
的 hard 字有相同之處，故此凡有這個字尾的字，大概表示 "有高度 /
過份……的本質" 或 "做 / 沉迷於……的人" 等義。

如：coward（懦夫）、drunkard（醉漢）、wizard（妖術者）、bastard（私生
子）、dullard（笨人）及 haggard（醜婦）等。

-arian

構成名詞或形容詞時，表示：

(a) "……主義 / 派別的……人" 或 "製定……的 / 的人"。

如：vegetarian（素食主義的 / 者）、Unitarian（一神教派的 / 者）、
humanitarian（人道主義的 / 者）及 doctrinarian（純理論的 / 者）等。

(b) "……歲的人"。

如：octogenarian（八十歲的人）。

(c) "……職業的人"。

如：veterinarian（獸醫）及 antiquarian（考古學家）等。

-ary

(a) 如果形容詞有這字尾時，表示"屬於……"或"和……有關"。

　　如：necessary（必要的）、arbitrary（專橫的）、primary（原始的）及 voluntary（自願的）等。

(b) 如果這字尾在名詞後時，表示"從事……的人"、"和……有關的人"、"和……有關的東西"或"和……處"等。

　　如：notary（公證人）、literary（精通文學的）、actuary（保險精算師）、adversary（對手）、vocabulary（字彙）、granary（穀倉）、ovary（卵巢）及 aviary（鳥舍）等。

-ate

(a) 此字尾構成分詞形容詞時，作用相等於 -ed，而發音也相當於 it。

　　如：animate（['ænɪmɪt] 有生命的）、separate（['sɛprɪt / 'sɛpərɪt] 分離的）及 graduate（['grædjʊɪt] 有學位的）等。

(b) 構成形容詞時，意義為"具有……特徵的"、"充滿……的"。

　　如：affectionate（充滿感情的）及 collegiate（具大學形式的）等。

(c) 構成名詞時，表示"……職務"。

　　如：delegate（代表）、directorate（董事 / 導演 / 理事等職）、tribunate（護民官官職）及 pastorate（牧師職位）等。

(d) 構成動詞時，其意義為"使成為……"及"致使……"等，不過動詞的 -ate 多發為 eit 音，讀者應要分別這一點。現在試把上面一部份的字轉作動詞用時，看看發音方面的差異，以下是其他例子，以便讀者比較。animate（['ænɪˌmeɪt] 使有生命）、separate（['sɛpəˌreɪt] 使……分開）、propitiate（[prə'pɪʃɪˌeɪt] 撫慰）、

appreciate（[əˈpriːʃɪˌeɪt] 欣賞）及 evaporate（[ˈvæpəˌreɪt] 使蒸發）等。

另外，此字尾亦有用在化學方面，則從略了。

-atic

構成形容詞時，表示"……的"或"……特性的"。

如：lunatic（精神有異的）、lymphatic（淋巴的）、dramatic（戲劇性的）、aquatic（水上的）及 chromatic（色彩的）等。

-ation (-tion / -ion)

這字尾通常用作把動詞改為名詞，其意義表示該動作所作的行為或事情。

如：formation（形成）、confirmation（確認）、action（行動）、production（生產）、promotion（擢升）及 commendation（讚揚）等。

除此之外，還可表示：

(a) 該動作的情形、狀態或本性。

如：moderation（節制）、repletion（充實）及 demoralisation（道德敗壞）等。

(b) 表示該動作的結果。

如：realisation（實現）、conclusion（結論）及 decoration（裝飾品）等。

-ative (-tive / -ive)

上面說過，動詞構成名詞，通常加上 -ation / -tion，但如果把該名詞構成形容詞又怎樣？方法也一樣，只不過不是 -ation / -tion，而是 -ative / -tive 而已。改為形容詞之後，這個字尾表示"有⋯⋯性質的"、"有⋯⋯傾向的"或"有⋯⋯關係的"。

如：formative（形成的）、confirmative（確定的）、active（行動的 / 參與⋯⋯的）、productive（有生產力的）及 promotive（提升的）等。

不過我要補充一句，這決非一條定律，時有例外，我們不能一本通書看到老。同時還有一點要交代，有 -tive / -ive 的字，不一定是形容詞，不少是名詞。

-ble

這雖然也是字尾，但多見於 -able 或 -ible 字尾中。-able 在上面說過，至於 -ible 則留待以後說明。

-cy

有這字尾的字，通常都是抽象名詞，意義着重於"狀態"、"性質"、"等級"或"職位"等。因英語來源複雜，故大致和 -acy 相同。

如：infancy（嬰孩時代）、bankruptcy（破產）、policy（政策）、democracy（民主）、autocracy（專政）及 agency（代理）等。

-cracy

（希）字尾加在希臘字根後時，正如英文的 -ocracy 字尾一樣，表示"統治"、"支配"等。

如：autocracy（獨裁統治）、monocracy（一人政治）、democracy（民主政治）及 plutocracy（財閥統治）等。

-crat

這字尾構成名詞時，表示為有 -cracy 字尾的字的 "參加者"、"支持者"、"信奉……政治 / 主張的人" 或 "……的統治者"。

如：autocrat（獨裁者）、monocrat（一人統治者）、democrat（信奉民主主義者）及 plutocrat（富豪）等。

-dom

這是用以構成表示 "職位"、"領域" 或 "管轄權" 等意義名詞的字尾。

如：kingdom（王國）、dukedom（公爵爵位）及 officialdom（官場 / 官僚）等。

此外又可用來表示 "狀態" 或 "性質" 等意義。

如：wisdom（智慧）、freedom（自由）及 martyrdom（殉難）等。

-drome

這是字尾抑或構詞成份，實在難定，但《簡明牛津字典》則把它歸入字尾類。它加在一個名詞後而構成另一個名詞時，表示 "跑道" 或 "……場地"。

如：motordrome（賽車跑道）、aerodrome（飛機跑道）、hippodrome（馬戲場）及 picturedrome（電影院）等。

-ed

大家都知道把一個規則動詞改為過去時式、過去分詞式，又或甚至過去分詞形的形容詞時，便要在該動詞後加上 -ed。但除此之外，有些名詞，尤其是身體各部份名詞也可以加上 -ed 而構成和字根同義的形容詞，表示 "有……特性 / 徵的" 或 "有……的" 等意義。

如：moneyed（有錢的）、balconied（有露台的）、single-eyed（單眼的）、

white-haired（白髮的）、two-legged（兩腿的）、bigoted（頑固的）及 cultured（有文化的）等。

在這裏順便附帶說明以過去分詞用作形容詞的原則，這就是只有在意義上含有被動意味方可使用。

-ee

這是一個大半用於和法律有關的名詞的字尾，一般都是加在動詞之後而構成表示被動者的名詞，它和 -er 不同，-er 是主動者。

如：payee（受款人）— payer（付款人）、employee（受僱者）— employer（僱主）、transferee（受讓人）— transferrer（出讓人）及 assignee（受託人）— assigner（委托者）等。

不過它又可以構成表達 "處於……情況的人" 或 "與……有關的人 / 物" 等意義的名詞。

如：absentee（缺席者）、refugee（難民）及 goatee（羊鬚）等。

-eer

這是一個表達動作的名詞字尾，表示 "從事……者"、"經營……者" 及 "……的人 / 物" 等。

如：auctioneer（拍賣者）、engineer（工程師）、volunteer（志願者）、mountaineer（山居者 / 登山者）、cannoneer（砲手）及 pioneer（先驅者）等。

在上面說過 -ee 尾的為被動者，-er 尾的為主動者，同樣這個 -eer 也是含有主動意味。

-en

在討論字頭時，曾經見過 en- 這個字頭，但現在的 -en 是字尾，無論在結構、作用和意義都有分別：

(a) 當它加在形容詞後而構成及物動詞時，表示"使……成為……"或"變得較為……"。

如：sharp（銳利）+ -en = sharpen（削尖／使……尖銳）、wide（寬闊）+ -(e)n = widen（使……寬些）、fat（肥）+ -en = fatten（使……肥些）及 less（少些）+ -en = lessen（減少）等。有時可加在某些名詞後而構成及物動詞而表達與上述相同的意義。如：strength（強度）+ -en = strengthen（加強……）及 length（長度）+ -en = lengthen（加長）等。

(b) 加在物質名詞後而構成形容詞時，表示"似……一樣的"及"用……製成的"。

如：golden（似黃金的）、wooden（木製的）及 woolen／woollen（用羊毛製成的）等。

(c) 有些不規則名詞改為複數時，並非加上 -s 而是加上 -en，但為數不多。

如：oxen（牛）、children（孩子）及 brethren（兄弟）等。

(d) 這個 -en 字尾更可以構成不規則動詞的過去分詞。

如：spoken、broken 及 trodden 等。

(e) 至於加在部份名詞後而表達"小"的意思的字有 kitten（小貓）及 chicken（小雞）等，不過數目甚少。

-ence

(拉) 在 -ance 裏講過 -ance 的意義及其詞類的變化作用了。現在這個 -ence 也有一樣的作用及意義。形容詞為 -ent 時，其名詞為 -ence。

如：preference（preferent 偏愛）、difference（different 分別）、emergence（emergent 出現）及 despondence（despondent 沮喪）等。

至於在甚麼情形下用 -ance / -ant 或 -ence / -ent，這似乎屬於頗為尖端的專門學問，以我所知，字根本為拉丁語，但經由法文借用，再轉入英語時，多為 -ance / -ant。但如果直接由拉丁語轉入英語時，則為 -ence / -ent 了。

-ency

這字尾為 -ence 的變體，同樣可以參考 -ancy。

-ene

這字尾構成化學名稱的名詞，表示"炭化氫"、"苯"或"烯"。

如：benzene (苯)、camphene (樟腦狀物) 及 ethylene (乙烯) 等。

-ent

(a) 加在動詞後而構成形容詞時，表示"動作"或"性質"等。

如：corrodent (腐蝕的)、excellent (傑出的)、insistent (堅持的) 及 emergent (緊急的) 等。

此類形容詞的名詞，通常把 -ent 改為 -ence 便是了。

(b) 加在動詞後構成名詞時，表示"動作者"或"動作物"。

如：solvent (溶劑)、correspondent (通訊員)、insurgent (叛亂者) 及 effluent (支流) 等。

-eth

(a) 加在以 y 字母為尾的"十"數基數後而構成序數"第……十"。但在加 -eth 字母前，先將原字的 y 改為 i。

如：thirty — thirtieth (第三十) 及 forty — fortieth (第四十) 等。

(b) 加在動詞後而構成古英文的第三身單數簡單現在時態。

如：goeth 及 asketh 等。

-etic

這字尾是用以構成名詞或形容詞。

如：emetic（催吐的）、ascetic（禁慾主義者）及 genetic（原始的）等。

-er

(a) 加在及物動詞後而構成名詞，表示做該動作的人物。

如：reader（讀者）、teacher（教師）、writer（作者）、opener（開罐頭器）、typewriter（打字機）及 speaker（講員）等。

(b) 加在普通名詞後而構成另外一個名詞時，表示"與……職業有關者"。

如：hatter（製帽匠）、potter（陶匠）、tinner（錫匠）及 slater（鋪石板者）等。

(c) 加在與地方有關的名詞後時，表示"……地方人"。

如：villager（村民）、Londoner（倫敦人）、New Yorker（紐約人）及 islander（島民）等。

(d) 加在某些數目字或少數度量衡的名詞後，表示與該數字或量相等的東西。

如：fiver（五元美鈔／五英磅鈔）、tenner（十元美鈔／十英磅鈔票）、oner（一分）及 pounder（一磅重的東西）等。

(e) 加在單音節的規則形容詞後或與形容詞同形的副詞後時，便構成該形容詞或副詞的比較級。

如：wider (寬些)、faster (快些)、bigger (大些) 及 smaller (小些) 等。

-ery (= -ry)

(a) 加在形容詞或名詞後而構成另一個名詞時，其意義為 "性質"、"行為"、"習性" 或 "態度" 等。

如：grotesquery (怪行)、prudery (假正經)、demagoguery (煽動)、bravery (勇敢) 及 knavery (無賴行為) 等。

(b) 加在職業性動詞後而構成名詞時，其意義為該動詞的技術或職業。

如：cookery (烹調術)、fishery (漁業)、surgery (外科手術) 及 robbery (劫掠) 等。

(c) 加在有工作或製造意味的動詞時，其含意為 "進行該動作的地方"。

如：bakery (製麵包工場 / 麵包店)、brewery (釀酒廠)、printery (花布印染廠) 及 breedery (動物繁殖場) 等。

(d) 加在某些名詞後，表示為該名詞的 "……身份"、"……狀況" 或該名詞的產品或集體總稱。

如：slavery (奴隸身份)、drudgery (苦工狀況)、savagery (野蠻)、pottery (陶器)、soldiery (軍隊) 及 drapery (布業行) 等。

-esque

加在某些名詞後而構成形容詞，含有 "……式樣的"、"……一樣的" 或 "……性質" 等意義。

如：Dantesque (但丁式的)、picturesque (如圖畫般的)、Arabesque (阿拉伯式圖案的) 及 burlesque (諷刺劇般的) 等。

-ess

此為加在部份屬於陽性的名詞後而構成陰性名詞的字尾。

如：authoress（女作家）、actress（女演員）、lioness（母獅）、goddess（女神）、 governess（女總督）及 countess（女伯爵）等。

此外，這字尾亦有用來構成抽象名詞，因範圍不廣，從略。

-est

正如 -er 一樣，加在規則單音節形容詞或和該種形容詞同形的副詞後而構成最高級。

如：widest（最寬的）、fastest（最快的）、biggest（最大的）及 smallest（最小的）等。

在古代英語，這 -est 更可加在第二身動詞後。

如：goest (go)、doest (do) 及 gettest (get) 等。

-ette

此字尾加於名詞和少數形容詞後時，含有 "微小" 之意。

如：cigarette（小紙煙）、statuette（小雕 / 塑像）、pianette（小型鋼琴）及 kitchenette（小廚房）等。

同時更表示 "……形" 或 "仿……"。

如：leatherette（仿皮）及 Brusselette（仿布魯塞爾形）等。

此外又表示 "女性"。

如：conductorette（女音樂指揮）及 usherette（女帶位員）等。

-ety

（拉）為拉丁語系形容詞而構成抽象名詞的字尾之一，表示"狀態"或"性質"。

如：variety（多樣化）及 sobriety（冷靜）等。

　　但由於拼寫關係，多寫成 -ity 或 -ty。

-ferous

有這字尾的字不多，甚至在某些字典中也很難找出幾個，它是用以構成相當少用的形容詞，因為往往在這字尾前有個 i 字母，所以有人把它作為 -iferous。它表示"產生……的"或"生……的"。

如：chyliferous（生乳糜的）及 auriferous（產金的）等。

-fic

這字尾其實應為 -ific，它是用以構成表示"形成……的"的形容詞。

如：morbific（形成疾病的）、soporific（催眠的）、scientific（科學的）、terrific（可怕的）及 acidific（變酸的）等。

-fold

這字尾多數加在數字之後而構成含有"倍"或"開"的形容詞或副詞。

如：twofold（兩倍）、eightfold（八開）、fivefold（五倍）及 tenfold（十倍）等。

-form

這字尾其實也應為 -iform，它所構成的字有動詞、名詞或甚至形容詞，表示"具有……形或形式"。

如：cruciform（十字形的）、uniform（一致的／制服）、diversiform（各式各樣的）、cuneiform（楔形的／楔形文字）、vermiform（蚯蚓狀）及 multiform（形式多樣的）等。

-ful

這個字尾，其實為 full 的簡寫而已，它的用法為：

(a) 加在抽象名詞之後而構成形容詞時，表示"有……的"、"有……性質的"或"充滿……的"等意義。

如：beautiful（有美色的）、powerful（有勢力的）、lawful（合法的）及 merciful（有慈悲心的）等。

(b) 加在某些動詞後而構成形容詞時，表示"有……態度的"或"對於……會……的"。

如：thankful（感謝的）、scornful（輕視的）、helpful（對……有幫助的）及 forgetful（善忘的）等。

(c) 加在與容量有關的名詞，而構成表示"一……滿"或"滿……的"的名詞。

如：spoonful（一匙滿）、handful（一手滿）、boxful（一盒滿）及 houseful（一屋滿）等。

-fy

這字尾應用得很廣泛，它加在其他詞類之後而構成及物動詞，其意義為"使……成為……"或"使……化"。

如：purify（使……淨化）、beautify（使……美化）、personify（使……擬人化）及 liquefy／liquify（使……液體化）等。

-gen

這是構成某種化學氣體名詞的字尾，但亦有表示 "生" 或 "產生" 的作用。

如：

(a) oxygen (氧氣)、hydrogen (氫)、nitrogen (氮) 及 cyanogen (氰) 等。

(b) endogen (內生植物) 及 exogen (外生植物) 等。

-gon

這是構成數學名詞的字尾，表示 "……角形"。

如：hexagon (六角形)、polygon (多角形) 及 triangle (三角形) 等。

-gram

此為表示 "記錄……文字" 或 "書 / 畫" 等意義的字尾。

如：telegram (電報)、photogram (黑影照片)、cablegram (海底電報) 及 phonogram (速記音標文字) 等。

-graph

這個字尾除此之外，還有 -graphic、-graphical、-grapher 及 -graphy 等。現為簡便起見，一律歸入這項之內，因為它們不外由 -graph + -ic / + -ical / + -er / + -y 等字尾而構成而已。它和 -gram 的音義大致一樣，都是由希臘文而來，所不同的是 -graph 較着重於書寫、描繪和記錄的器具。

如：telegraph (電報機)、chromolithograph (彩色石印圖畫)、pistolgraph (早期的快速相機)、photograph (利用相機拍出的照片) 等。

但 photogram 為"利用感光直接把物體印在像紙的照片"。在以上舉例各字，可以意會到兩者的分別了。

-hood

加在與人有關的名詞後而構成另一個名詞時，表示"……的身份 / 資格"、"……之道"或"……時代"等。

如：fatherhood（父親的身份）、motherhood（母親的身份）、girlhood（少女時代）、childhood（幼兒時代）、knighthood（爵士資格）及priesthood（教士地位）等。

-ial

加在名詞後而構成形容詞時，有"具有……性 / 本質"或"屬於……的"等意思。

如：dictatorial（專政的）、official（正式的）、judicial（司法的）及mercurial（含有水銀的）等。

-ian

參考 -an 這個字尾。

（拉）-ible

這 -ible 和 -able，在意義及作用上，大致無甚分別，如果說有分別，這就在字源那方面了。有 -able 的字，絕對可以還原，分成字根和字尾，一樣有意義的。

如：eatable、portable 及 breakable 還原時，則為 eat、port 及 break等加上 -able 而已。

至於有 -ible 的字，則為直接從拉丁語借來，而這 -ible 是與字俱來的拉丁字尾，不能還原。

還有一點，如果要在有 -ible 和 -able 字尾的形容詞加上否定意義，所用的字頭也是不同的。因 -ible 為拉丁語，否定字頭要用 in-。

如：inadmissible（不能接納的）、indefensible（無法防守的）及 ineligible（無資格的）等。

但有 -able 字尾的要用 un-。

如：unreasonable（不合理的）、unbreakable（不能破的）及 uncomparable（不可比較的）等。

-ic

這是一個相當複雜的字尾，除牽涉到英語之外的外語，還牽涉到語言學家的見地和理論這方面。不過我們最低限度也知道它是由名詞轉為形容詞用的字尾，在此情形下，其含義有：

(a) "屬於……性質的"或"有……特性的"。

如：angelic（有天使特性的）、volcanic（火山性的）、systematic（有系統的）、Byronic（拜倫式的）及 poetic（詩人氣質的）等。

(b) "由……所引起的"、"……形成的"或"含……成份的"等。

如：symphonic（交響樂的）、photographic（攝影術的）、alcoholic（含酒精的）及 dactylic（長短短格式句子的）等。

(c) 有些本為拉丁或希臘形容詞而用作名詞，後來又轉成英語，這些字多為表示"科學"、"學術／藝術"等意義，同時結尾也有 -ic，但這個 -ic 似乎不是字尾的 -ic。

如：music（音樂）、logic（邏輯）、arithmetic（算術）及 magic（魔術）等。

-ical

我們經常在字典裏找到同一意義而有兩個使人混淆的形容詞。

如：historic 及 historical。一為 -ic 尾，另一個則為 -ical 尾，究竟兩者之間有沒有分別？有些認為 -ic 等於 -ical。換言之，他們認為沒有差異。但在較保守的語言學家，則認為兩者之間，有其不同之處。-ic 尾的形容詞表示它和它所形容的字，有較密切的關係。至於 -ical 的形容詞，和它所形容的名詞關係，則較為疏遠。如果說某一件事和歷史有直接關係，且有重大歷史價值時，便要說成 historic event 了。但如果這件事只是在過去發生，而非由歷史本身所產生的，便是 historical event。又如 comic opera 表示純然喜劇的戲劇，而 comical opera 意思是本身並非喜劇，但是演成滑稽可笑的戲劇。

同樣地，dramatic effect 是正式演劇的戲劇效果，而 dramatical effect 則為並非由演劇產生，但具戲劇性、誇張的效果。還有 Stoic philosophy 是斯多噶本人的哲學思想，但 Stoical philosophy 是合乎斯多噶的哲學思想（意為與斯多噶的哲學思想不謀而合的一種哲學思想）。

從以上觀之，-ic 和 -ical 多少總有些差異。在上面的 -ic 字尾的這一項說過，有些字本為拉丁或希臘語轉成英語，也有不是 -ic 字尾的 -ic 尾的字。這類名詞構成形容詞時，要加上 -al 而成為 -ical，但其實並非屬於 -ical 這個字尾的字。如：musical、logical、arithmetical 及 magical 等。

-ice

此為構成抽象名詞的另一個字尾，表示一種狀態或性質，所構成的字根，甚至字源，也不劃一。

如：justice（正義）、avarice（貪婪）、malice（惡意）、notice（通知）、cowardice（膽怯）、service（服務）、jaundice（妒忌）、precipice（危急的處境）及 practice（實習）等。

-ics

談了容易使人混淆的 -ic 和 -ical 之後，現在就要講到這個也容易令人迷惑的 -ics 字尾了。這個 -ics 的字尾純為構成有關於科學、學術或藝術等名詞，而非形容詞的字尾。

如：politics（政治學）、statistics（統計學）、mathematics（數學）及 physics（物理學）等。

本來這些有 -ics 字尾的字，原為單數形 -ic 字尾，現在還能在 music、logic 及 rhetoric 等字中見到。自 1600 年以後，人們寧取 -ics 複數形作為單數意義用，不過有些 -ics 字尾的字，仍為複數的。

如：gymnastics（體育訓練）及 tactics（戰略）等。

但有些字典解釋這類的字，似乎解釋得模棱兩可，但這些字的形容詞，又回復為 -ical。

如：mathematical、political、statistical 及 physical 等。

-ie

(a) 加在名詞後，表示 "小" 的意思。

如：birdie（小鳥）、lassie（少女）及 doggie（小狗）等。

(b) 加在人名後為親暱的叫法。

如：Jeanie 及 Johnie 等。

-ier

此為名詞字尾，相當於 -eer。表示 "與某事或活動有關的人"。

如：在 cashier（出納員）、gondolier（威尼斯的平底船伕）、bombardier（轟炸手）、grenadier（擲彈兵）及 collier（煤礦工人）等字中。

-in

(a) 這字尾多見於化學名詞方面，當表示為一種鹽基有機物的名稱時，字尾為 -ine。至於表示中性物質，如動物蛋白質或生糖質，則通常為 -in。

> 如：albumin（蛋白）、casein（酪蛋白）、fibrin（纖維蛋白）及 gelatin（動物膠）等。

> 這樣串寫，目的是要和生物鹼或鹽基有機物的 -ine 有所分別，但亦有些化學家喜歡把鹽基有機物的名詞，串寫為 -in 尾，但並非等於 -ine 尾的字都可串寫為 -in。

> 以下有關於商業用途的字或一般的字，便永遠為 -ine 尾。

> 如：dentine（象牙質）、gasoline（汽油）、Vaseline（凡士林）、brilliantine（髮油）及 nectarine（油桃——植物名）。

(b) -in 這字尾有時可作構詞成份用。當它加在動詞後而以連字號連接時，可用作名詞，表示"⋯⋯抗議"或"⋯⋯公開的集體活動"。

> 如：sit-in（靜坐抗議）、stay-in（留廠停工抗議）及 teach-in（師生討論會——此為大學師生對政府的政策或外交表示不滿，在課室內停止授課，改為討論或辯論的一種集會）。

-ina

這字尾應用範圍，有些字典或參考書根本不把它列入其中，它只用作表示"一種樂器"的名詞而已。

如：concertina（六角手風琴）及 seraphine（簧風琴——但有串為 seraphine 的，不知是否同是一物，編者外行，恕無法考證）。

-ine

(a) 這字尾加於名詞後而構成形容詞，表示"屬於……的"或"如……的"。

> **如**：bovine（如牛的）、canine（如犬的）、aquiline（如鷹的）、divine（如神／神聖的）、feminine（女性的）及 masculine（男性的）等。

(b) 加在雄性名詞後而構成雌性名詞。

> **如**：heroine（女英雄）及 landgravine（女領主）等。

(c) 構成抽象名詞的字尾，表示一種行為結果、現象或應用。

> **如**：discipline（紀律）、doctrine（教義）及 rapine（劫掠）等。
>
> 此外，這個字尾可以用於化學名詞方面，以表示化合物或元素，又可用於專有名詞，以表示女性名字。
>
> **如**：caffeine（咖啡鹼）、chlorine（氯）、Caroline（嘉露蓮／卡羅琳）、Catherine（嘉岱蓮／嘉芙蓮）及 Josephine（約斯芬／約瑟芬）等。

-ing

首先我們要弄清楚，雖然 -ing 為字尾，但以 -ing 為尾的字的 -ing，並不一定是字尾的 -ing。

如：swing（搖擺）、sing（唱）、sting（刺）及 fling（擲）等。

這字尾的主要用途為：

(a) 把一個動詞，除不完全變化動詞，如 may 或 can 等外，構成一個現在分詞，表示該動作正在進行中，或該動作的進行過程，例如我們說 He is swimming.（他正在游泳）或 I am speaking.（我正說話）等。

(b) 加在動詞後而成為一個現在分詞形的形容詞，限制一個名詞，表示該名詞與該分詞形容詞有動作上的關係或該名詞正做該分詞形容詞的動作。

如：the boy playing football（正在玩足球的男孩）、the girl screaming with laughter（正捧腹大笑的女孩）、the men working in the road（正在路上工作的人們）及 the baby crying for milk（哭着要奶的嬰孩）等。

但如果該現在分詞形的形容詞像正式形容詞一樣，放在名詞前而形容該名詞時，意義則為"使……的"或"引人……的"。尤其是當名詞為一件東西，而非人的場合內為然。

如：an interesting story（一本令人產生興趣的故事）、an exciting film（一部使人興奮的電影）、dazzling headlight（使人眼花的車頭燈）及 the annoying problem（令人煩惱的問題）等。我們又試比較 the moving car（那移動着的車）、the growing plants（正在生長中的植物）及 a walking doll（一個會步行的洋娃娃）等字，其意義又和把現在分詞形的形容詞放在名詞後面一樣。至於 walking stick（拐杖）、racing car（賽車）、drinking water（飲用水）及 mowing machine（割草機）等中的 walking、racing、drinking 及 mowing，並不是現在分詞形的形容詞。那麼是甚麼，下面就會知曉了。

(c) 在英語中有所謂"動名詞"(gerund) 和"動詞形名詞"或"出自動詞的名詞"(verbal noun)，這兩者都是在動詞後加上 -ing 而構成的，它可以說是和現在分詞或現在分詞形的形容詞一模一樣。動名詞和動詞形名詞既然同一樣子，所以有人認為其實一樣，但事實是有些微分別的，因為出自動詞的名詞是可以用形容詞來形容它。但動名詞則不可以，因為它本質始終為動詞，所以只可以接受副詞的限制而已。如此說來，出自動詞的名詞為純粹名詞的本質，而動名詞為動詞的本質，它只不過在文法的結構上可以代替名詞的地位而已。無論怎樣，它們兩者都有共通的作用及關係。前者所表示的為"動作的結果或產物"，而後者為"動作的稱謂"。例如我們要說

"游泳（一種動作的名稱或稱謂）是危險的"。英文是 Swimming (gerund – a name of an action) is dangerous. 又或者說"那座最高的建築物（一種動作的結果或產物）位於山腳"。譯成英文應是 The tallest building (verbal noun – the result or product directly from the action of the verb root 'build') is situated at the foot of the hill.

好了，現在要解釋為甚麼上述 walking stick 中的 walking 以及 racing car 中的 racing 等等不是分詞，因為把它們當分詞時，意義便成為自己會步行的手杖、自己會賽跑的車、自己會飲的水及自己會割草的機器了。而它們的真義是用作行路的手杖、用來賽跑的車、用來飲用的水及用作割草的機器。英文原本的寫法應為 the stick for walking、the car for racing、the water for drinking 及 the machine for mowing。不過為了簡化，才寫成上面的寫法。在文法上 for 是前置詞，而在前置詞後的受格一定為名詞或與名詞同等資格的字，現在這些有 -ing 的字在 for 之後，當然最低限度也有名詞資格的字。那麼不是動名詞還是甚麼？關於這一點，有些教育水準不高，以英語作母語的英國人，或甚至有些粗寫濫印的所謂"文法書"，也攪得一塌糊塗，何況我們初學英語的中國人！

-ion

參閱 -ation。

-iour

這是構成少數名詞的要素。表示"……的人"或"……的態度"。

如：saviour（救助者）、paviour（鋪路工人）及 behaviour（行為）等。

-ious

此為形容詞字尾，表示"具有⋯⋯特質的"、"充滿⋯⋯的"或"表示⋯⋯的"等。

如： delicious（美味的）、religious（宗教的）、precious（貴重的）、furious（大怒的）及 cautious（謹慎的）等。

-ise

這個 -ise 字尾為從拉丁語而來的古法語。

如： justise（古法語）（正義）、juise（古法語）（果汁）及 servise（古法語）（服務）等。

後來法語把 -ise 改為 -ice，而英語又根據法語採納而成為 justice、juice 及 service。不過在本土字彙裏，英語仍保留為 -ise 字尾。現在討論的便是這 -ise。這字尾為構成名詞而表示"性質"或"狀態"等。

如： merchandise（商品）、surprise（驚奇）、exercise（練習）及 franchise（特許經銷權）等。

至於構成動詞時為 -ize，則在下面討論。

-ish

(a) 加在普通名詞後而構成形容詞時，表示"有多少⋯⋯的"、"似⋯⋯的"或"近乎⋯⋯的"。

　　如： boyish（有多少孩子氣的）、foolish（近乎愚蠢的）、girlish（如女孩子般的）、clownish（似小丑的）及 amateurish（業餘的）等。

(b) 加在形容詞後而構成另一個形容詞時，表示"稍帶⋯⋯的"、"趨向於⋯⋯的"或"近乎⋯⋯的"等。

　　如： oldish（稍老／略舊一些的）、greenish（稍帶綠色的）、tightish（稍緊一些的）及 softish（略軟些的）等。

(c) 加在地方專有名詞後而構成形容詞時，表示 "……民族的" 或 "……語的" 等。

> 如：English（英國的／英語）、Polish（波蘭的／波蘭語）、Finnish（芬蘭的／芬蘭語）、Frankish（法蘭克的／法蘭克語）及 Spanish（西班牙的／西班牙語）等。

(d) 加在數目後而構成形容詞時，表示 "約……的" 或 "……左右的"。

> 如：thirtyish（三十左右的）及 fortyish（四十左右的）等。
>
> 此外，有一些動詞也有 -ish 尾，此類動詞，本源出於法語某些動詞中。嚴格地說，這 -ish 可以不作字尾看待，只不過為字的結構成份而已。
>
> 如：abolish（廢除）、finish（完成）、polish（擦亮）、furnish（裝飾）、furbish（研磨）及 vanish（消失）等。

-ism

(a) 表示 "……論／學說"、"……主義" 或 "……信仰" 等。

> 如：egotism（利己主義）、altruism（利他主義）、atomism（原子論）及 activism（行動主義）等。

(b) 表示一種 "行為"、"行動" 及 "狀態" 等。

> 如：baptism（洗禮）、criticism（批評）、vandalism（文藝的破壞）及 barbarism（野蠻風尚）等。

(c) 表示 "特徵" 或 "病態"。

> 如：colloquialism（口語）及 alcoholism（酒精中毒）等。

-ist

(a) 一般由有 -ize 字尾的動詞而構成名詞時，表示 "與動作有關……者"。

如：archaist（仿古者）、moralist（說道德者）、theorist（好談理論者）、plagiarist（抄襲者）及 rhapsodist（吟誦史詩者）等。

(b) 加在某些名詞後而構成另一個名詞時，表示"與該名詞有關的……家"或"專於……學術 / 技藝者"。

如：artist（藝術家）、botanist（植物學家）、scientist（科學家）、florist（種花專家）、physicist（物理學家）、pianist（鋼琴家）及 violinist（小提琴家）等。

(c) 多數加在有 -ism 字尾的名詞而構成另一個名詞時，表示"……主義的信仰者"。

如：fatalist（信宿命論者）、atheist（不信有神者）及 egoist（利己主義者）等。

-ite

這是構成名詞的字尾，表示"……後裔 / 居民"或"……的同情者 / 信徒"等。

如：Canaanite（迦南人後裔）、Israelite（古以色列人）、Millerite（米勒教旨信徒—— Millian Miller 為美國的一位牧師）及 Benthamite（同意賓頓 / 邊沁的功利主義者）等。

此字尾有時見於各種術語中，用以指礦物、岩石、身體器官、化學或爆炸品等。因屬於專業範疇，舉例從略了。

-itis

此字尾多用於構成醫學方面的病症名詞，表示"……炎"、"由……引起的疾病 / 病態"。

如：bronchitis（支氣管炎）、phrenitis（腦炎）、appendicitis（盲腸炎）、gastritis（胃炎）及 vacationitis（假日病）等。

-ity

此字尾和 -ety 有共通之處，但以 -ity 字尾構成的抽象名詞極多，它除了和 -ety 的意義一樣之外，還表示"程度"。

如：grandiosity（雄偉）、inhomogeneity（不同質／不均勻性）、animosity（仇恨）、calamity（災難）、purity（純粹）及 nihility（虛無）等。

-ium

這是構成化學金屬名詞的字尾。

如：sodium（鈉）、potassium（鉀）、calcium（鈣）及 aluminium（鋁）等。

-ive

這字尾通常為 -ative、-sive 或 -tive，這在上面的 -ative 一節中已說過，這裏不再談了。

-ize

這是構成及物或不及物動詞的字尾，如果是及物動詞時，其意義為：

(a) "使成為……化"、"……化"或"使形成……"。

 如：emphasize（把……強調）、realize（使……成為事實）、revolutionize（使……革命）、oxidize（使……氧化）及 systemize（使……有系統）等。

(b) "把……改成……"或"把……作為……看待"。

 如：dramatize（把……改成戲劇）、Japanize（把……日本化）及 idolize（把……作為偶像看待）。

(c) 此外又可表示"以……方法處理"。

如：preservatize（以防腐法來處理）及 organize（以組織法來處理）等。

但如為不及物動詞時，則表示"對……表示……"或"實行……。如：sympathize（對……表示同情）、apostrophize（對……發出呼語 / 呼喚）及 apostatize（實行脫離黨 / 教）之類。

-kin

這字尾源出於低地德語，表示"細小"。

如：ladykin（小姐 / 小姑娘）及 lambkin（小羔羊）等。

-less

(a) 這字尾加在名詞後而構成形容詞時，表示"沒有……的"或"缺乏……的"。

如：homeless（無家的）、fatherless（無父的）、seamless（無縫口的）、penniless（無錢的）及 endless（無結果的）。

(b) 這字尾也加在動詞後而構成形容詞，但其意義則為"不受該動詞所指的動作所限制"或"不能做該動詞所指的動作"。換言之，它是含有否定意義的形容詞，這類形容詞有的加上字頭 non- 或 un- 等而構成，不過當中以 -less 為尾的，在語勢上較其他為強。動詞加 -less 的形容詞有 resistless（不能抵抗的）、countless（數不盡的）、fadeless（不褪色的）及 ceaseless（不停的）等。

-let

這字和 -kin 一樣，都是表示"小"的意思，如果要從兩者加以區別時，-let 較 -kin 為普通，而且可以說 -kin 主要用於從中世紀的荷蘭語源而來的字，-let 似乎多用於從法語語源而來的字。

如：booklet（小冊子）、piglet（小豬）、streamlet（小溪）、kinglet（小國君王）及 hamlet（小村莊）等。

除 "小" 之外，還可有 "戴在……上的飾物" 的意思。

如：armlet（臂飾）、anklet（腳鐲）及 frontlet（額飾）等。

-like

加在名詞後而構成形容詞時，表示 "似……的"。

如：ladylike（似貴婦一樣的）、lifelike（栩栩如生的）、childlike（似兒童般的）及 womanlike（似女人的）等。

-ling

(a) 構成名詞或形容詞時，表示 "該名詞的物" 或 "與該名詞有關的"。

如：hireling（傭工／被僱用的）、firstling（首批的東西）及 groundling（在地上工作／生活的人）等。

(b) 表示 "小" 的。

如：duckling（小鴨）、lordling（幼主）及 princeling（幼君）等。

(c) 加在名詞或形容詞後而構成副詞時，表示 "……方向" 或 "……狀" 等。

如：sideling（斜向一邊地）、darkling（在黑暗中）及 flatling（平坦狀）等。

-log (ue)

構成表示 "談話" 及 "文學說明" 的名詞。

如：dialog(ue)（對話／對白）及 catalog(ue)（說明書）等。

此類字多由法語而來。

-logical

從有 -logy 字尾的字而構成和該字有關意義的形容詞，表示 "……學的"。

如：biological（生物學的）、philological（語言學的）及 psychological（心理學的）等。

-logist

同樣也是從有 -logy 字尾的字而構成和該學術範疇有關意義的名詞，表示 "……學家" 等。

如：biologist（生物學家）、philologist（語言學家）及 psychologist（心理學家）等。

-logy

構成抽象名詞，表示 "……學" 或 "……論"。

如：sociology（社會學）、psychology（心理學）、psychobiology（生物心理學）、biology（生物學）及 geology（地質學）等。

-ly

(a) 加在某些與人有關的名詞後而構成形容詞時，表示 "……外表的"、"像……的" 或 "有……的特性的"。

　　如：friendly（友善的）、rascally（流氓似的）、scholarly（學者風度的）及 maidenly（少女般的）等。

(b) 加在與時間有關的名詞後而構成形容詞時，表示 "每……的" 或 "每隔……發生的"。

．

如：daily（每日的）、weekly（每週的）、yearly（每年的）、fortnightly（每
兩週一次的）等。它們也可用作名詞。

(c) 加在形容詞後而構成狀態副詞時，意義大致和該形容詞相同，但有
時還表示"……方法"或"從……方面／角度／觀點"等。

如：wisely（聰明地）、quickly（快速地）、beautifully（美麗地）、
economically（從經濟學觀點看）及 technically（從技術方面看）等。

-mania

這根本是一個獨立名詞，屬於醫學方面，名為"狂躁症"。但後來把它應
用於構字成份而漸成字尾，顧名思義，患上了"……狂"、"……癖"或
"……心理狀態"。把它接在另一個字之後，便構成一個新的病症名詞了。

如：bibliomania（藏書癖）、megalomania（自大狂）、kleptomania（盜竊
狂）、nymphomania（色情狂）及 Anglomania（慕英狂／英國狂）等。

-maniac

上面 -mania 字尾的字為名詞，這 -maniac 字尾的為形容詞，意義
一樣。

如：bibliomaniac（藏書癖狂的）、megalomaniac（自大狂的）、kleptomaniac
（盜竊狂的）、nymphomaniac（色情狂的）及 Anglomaniac（慕英狂的／
英國狂的）等。

-ment

大半加在動詞後而構成抽象名詞，表示"動作的結果"、"手段"、"工
具"、"過程"、"程度"或"狀態"等。

如：amazement（驚異）、development（發展）、engagement（訂婚）、
atonement（贖罪／償還）、fragment（碎片）及 attachment（附件）等。

-most

加在 (a) 前置詞 (b) 一些和時間、地方或次序等意義有關的字 (c) 某些比較級形容詞後而構成最高級形容詞時，表示 "最⋯⋯的"。

如：aftermost（最後頭的）、foremost（最前的 / 最重要的）、inmost（最內的）、utmost（極度的）、topmost（最頂的）、backmost（最後的）、centremost（最中心的）、uppermost（最上的）、uttermost（最盡力的）、furthermost（最遠的）及 bettermost（最好的）等。

-ness

加在形容詞或某些分詞後而構成抽象名詞，表示該形容詞的 "情形"、"狀態" 或 "性質"。

如：idleness（怠惰）、fondness（愛好）、goodness（好意）、kindness（慈愛）、lovingness（親愛）、tiredness（疲乏）及 gladness（喜悅）等。

-oid

這是構成名詞和形容詞的字尾，表示 "似⋯⋯" 及 "有⋯⋯的形狀"。

如：rhomboid（長菱形）、celluloid（像象牙）、alkaloid（鹼一樣）、thyroid（盾狀）及 petaloid（花狀）等。

此字尾的字，如為形容詞時，有時串為 -oidal，但意義不變。

-or

(a) 此字尾和 -our 相同，所不同者 -our 為英式英文，-or 為美式英文而已。

> **如：**colour / color（顏色）、favour / favor（好意）、ardour / ardor（熱情）等。

(b) 加在部份動詞後而構成名詞，表示"做⋯⋯者 / 物"，在此情形下，和 -er 相通，而且發音也一樣。一般來說，這字尾加在拉丁語源的字後面，而前面的字母通常為 t、s ，或有時為 l。

　　如：actor（演員）、elevator（電梯）、survivor（倖存者）、sailor（海員）、professor（教授）、director（董事 / 導演 / 指揮）等。

(c) 有時這字尾用以構成抽象名詞時，表示"行為"、"狀態"或"性質"。

　　如：error（錯誤行為）、favor / favour（熱情）及 candor / candour（公平態度）等。

-ory

(a) 加在動詞或名詞後而構成形容詞時，表示"⋯⋯性質的"、"屬於⋯⋯的"或"如⋯⋯的"等。

　　如：declamatory（口若懸河的）、preparatory（預備的）、auditory（聽覺的）及 satisfactory（稱心的）等。

(b) 構成名詞時，表示"⋯⋯地方"或"作⋯⋯之用"。

　　如：factory（工廠）、dormitory（宿舍）、laboratory（實驗室）、observatory（天文台）及 directory（詢問處 / 姓名地址目錄）等。

-ose

(a) 加在名詞後而構成形容詞時，表示"多⋯⋯的"、"似⋯⋯的"或"⋯⋯特性的"。

　　如：verbose（說話多的）、globose（球狀的）、bellicose（好打架的）及 jocose（開玩笑的）等。

　　在此情形下，作用多少似 -ful 或 -ous 這兩個字尾。

(b) 用於化學名詞方面，表示 "……水化合物"、"動物蛋白質所變成的東西" 或 "與水化合之物" 等。

> 如：proteose（分解蛋白質）、albumose（蛋白糖）、glucose（葡萄糖）及 fructose（果糖）等。

-osis

通常加在希臘語源的字後而構成名詞，但有時也會加在拉丁語源的字後，表示 "情況"、"手續" 或 "病態" 等。

> 如：osmosis（滲透）、apotheosis（神化）、metamorphosis（變態／蛻變）、neurosis（神經病）、amaurosis（黑內障病）、trichosis（毛髮病）及 trichinosis（毛線蟲病）等。

-osity

這字尾是加在有 -ose 或 -ous 字尾的形容詞而構成同義的抽象名詞。

> 如：verbosity（累贅）、globosity（球狀）、bellicosity（好戰）、jocosity（詼諧）、curiosity（好奇心）及 generosity（慷慨）等。

-otic

這是構成形容詞的字尾，表示 "情況"、"手續"、"過程" 或 "病態" 等。如表示與病態有關時，則和構成名詞的 -osis 互相共通。

> 如：neurosis／neurotic（神經機能病／的）、symbiosis／symbiotic（共生現象／的）、hypnosis／hypnotic（催眠／的）及 narcosis／narcotic（麻醉／的）等。
>
> 至於 quixotic（幻想主義的）、exotic（外來的）及 erotic（色情的）等，則和 -osis 字尾的名詞沒有關係。此外，這字尾又可作為字的構詞成份，表示與耳有關。如 periotic（耳周圍的）。

-our

這是構成抽象名詞的字尾，表示"動作"、"狀態"或"性質"。在此情形下，美國人通常把它拼成 -or，因為當中的 u 是不發音的。

如：demeanour / demeanor（行為）及 labour / labor（勞苦）等。

-ous

這是從拉丁語轉來的字尾，古英語本為 us [s]，在十三世紀以後，才寫成 -ous，但後來雖寫成 -ous，而讀音漸漸弱起來，又恢復為 [s] 音。還有一點，-ous 字尾的字，大部份為形容詞，而把這些有 -ous 字尾的形容詞轉為名詞時，又常為 -osity，但有時亦加上 -ness 而成為名詞。此 -ous 字尾，表示"具有……的"、"多……的"或"有……特性的"。

如：dangerous（危險的）、glorious（光榮的）、ambiguous（曖昧的）、
courteous（有禮的）及 dubious（狐疑的）等。

-phone

（希）尾來自希臘語，表示"聲 / 音"，常用於與聲音有關的東西或樂器等字中。

如： telephone（電話）、microphone（傳聲擴音器）、gramophone（留聲
機）、earphone（耳機）及 Dictaphone（錄音機）等。

-phyte

（希）尾也是來自希臘語，比較罕見也比較專業，大抵它的意義都是表示"和植物有關"的。

如：epiphyte（寄生植物）、protophyte（單細胞植物）、saprophyte（腐生植
物）及 zoophyte（植物形動物——如珊瑚及海棉）等。

-ship

(a) 加在名詞後而構成抽象名詞時，表示"⋯⋯職位"、"⋯⋯身份"或 "⋯⋯特性／資格／技巧／任務"等。

> 如：sonship（兒子身份）、fathership（父職）、citizenship（公民資格）、heroship（英雄本色）、apprenticeship（學徒身份）、kingship（王位）、workmanship（手藝）、penmanship（書法）及 horsemanship（騎術）等。

(b) 加在形容詞後而構成抽象名詞時，表示與該形容詞同義的"⋯⋯的事"、"性質"或"狀態"。

> 如：hardship（困難之事 worship（崇拜——從 worth 轉來）等。

-some

(a) 加在名詞、形容詞或及物動詞後而構成形容詞時，表示"易於⋯⋯的"、"有⋯⋯傾向的"或"產生⋯⋯的"。

> 如：lonesome（寂寞的）、wearisome（疲勞的）、handsome（俊俏的）、tiresome（厭倦的）、fulsome（令人作嘔的）及 gamesome（愛玩耍的）等。

(b) 加在數目後，表示"⋯⋯人一組的"。

> 如：threesome（三人一組的）及 foursome（四人一組的）等。

-son

這字尾在某些字後為 -tion，但從法語語源者則為 -son。

如：reason（理由）、season（季節）、treason（叛逆）、benison（祝福）、poison（毒藥）、venison（鹿肉）及 comparison（比較）等。

> 如與 -tion 同義時，請看 -tion 那一節。

-th

(a) 加在數字後而構成序數，表示"第……"。

如：fourth（第四）、fifth（第五）、sixth（第六）及 seventh（第七）等。

(b) 加在某些形容詞後而構成抽象名詞，表示"……度"或"性質"。

如：warmth（溫暖）、death（死亡）、width（闊度）、length（長度）及 depth（深度）等。

(c) 加在某些動詞後而構成抽象名詞，表示"該動作的結果"、"過程"、"動作的狀態 / 性質"等。

如：stealth（盜竊 / 秘密行動）、growth（生長）、wealth（財富）及 health（健康）等。

-tion

這字尾通常加在動詞後而構成名詞，表示"動作"、"狀態"或"動作的結果"。多數由動詞轉為名詞時，要按其字源而定是 -ation、-tion 抑或 -sion。現在所舉的例，全部以 -tion 為字尾。

如：caution（謹慎）、opposition（對立）、addition（附加）、intention（意圖）及 presumption（推測）等。

-tious

這字尾和 -ious 或 -ous 其實大致上一樣，只不過因拼寫上稍異而變而已，所以有些語言學家，不當作是三個不同的字尾看待，這裏也不再詳分了。

-trix

這是把有 -tor 字尾的陽性名詞改為陰性名詞的字尾，特別在法律名詞方面為然。

如：executrix（女遺囑執行人）、administratrix（女管理人）、directrix / directress（女董事／女導演）等。

-ty

(a) 在英文字尾中，有幾個和其他是互為因果的。

如：-ious、-ous、-tious 和 -ation、-tion、-sion 等。

現在這個 -ty 也跟 -ety 及 -ity 分不開，它們都用以構成抽象名詞，同時也表示"性質"或"狀態"，所以有人索性把它們歸作一個。這個 -ty 和 -ity，關係更加密切，有時兩者之間無法劃分，例子請參閱 -ity 那一節。

(b) 加在數目字後，表示"……十"。

如：thirty（三十）、forty（四十）、fifty（五十）、eighty（八十）等。

-ure

(a) 通常加在動詞後而構成抽象名詞，表示"動作的結果"或"過程"。

如：exposure（曝光）、seizure（奪取）、failure（失敗）、pleasure（愉快）、leisure（空閒）及 tenure（佔有）等。

(b) 表示"職務"、"職責"或"執行職務的機構"。

如：legislature（議會）、culture（從事培養）及 judicature（法庭總稱）等。

-ward (s)

加在與方向有關的名詞或前置詞後，而構成形容詞或副詞，表示
"向……"。一般來說，形容詞為 -ward 尾，副詞則為 -wards 尾。

如：backward(s)（向後的／地）、upward(s)（向上的／地）、northward(s)
（向北的／地）、forward(s)（向前的／地）及 downward(s)（向下的／地）
等。

-ways

加在名詞或形容詞而構成形容詞或副詞，這字尾如加在三度空間的名詞
後時，和 -wise 互相通用，因為大家都表示"在……方向"。

如：lengthways／lengthwise（縱）、broadways／broadwise（橫）、
sideways／sidewise（傍）、crossways／crosswise（交叉）及
endways／endwise（直立）等。

-wise

這字尾表示"……方法"、"位置"、"方向"、"方面"或"……樣子"等。

如：otherwise（否則）、nowise (= noway／noways)（一點也不）、clockwise（順
時鐘方向）及 moneywise（在金錢方面）等。

-y

(a) 加在物質名詞或與天氣及自然有關的名詞後，而構成與名詞同義的
形容詞，此外又表示"有……的"或"多……的"。

如：oily（油脂的）、rocky（有石的）、hilly（多山的）、rubbery（橡膠的）、
sunny（有陽光的）、cloudy（有雲的）、windy（有風的）、rainy（有
雨的）、muddy（泥濘的）及 silky（絲質的）等。

(b) 加在名詞或形容詞後而構成抽象名詞時，表示"境遇"、"生涯"、"職業"、"性質"或"情況"等。

　　如：jealousy（妒忌）、difficulty（困境）、honesty（誠實）、smithy（鐵匠）、laundry（洗衣店）及 beggary（乞丐生涯）等。

(c) 加在某些名詞後而構成形容詞時，表示"有些……的"。

　　如：sleepy（有點想睡的）、itchy（有些癢的）及 chilly（有些寒意的）等。

(d) 加在人名的專有名詞後，除表示親切的招呼意思外，還表示"小"。

　　如：Johny（小尊尼）及 Rosy（小露茜）等。

　　在此情形下，有人把 -y 拼作 -ie。

(e) 加在普通名詞後表示細小的"小"，和 -let 有異曲同工之效。

　　如：piggy（小豬）、dolly（小洋娃娃）及 doggy（小狗）等。

(f) 加在形容詞後構成名詞時，表示開玩笑的稱呼，如為大草字母時，則當作專有名詞，不過仍不失挖苦或取笑的目的。我們廣東人看見一個肥人時，會叫一聲"亞肥"之類的稱呼，這在英語中亦有大同小異的字詞。

　　如：fatty（亞肥／肥仔）、shorty（矮仔）及 darky（黑仔）等。

字尾之部

（乙）

Suffixes

(Part B)

-ade 至 -yer

-ade

這字尾構成名詞時表示：

(a) 動作或動作的結果。

> 如：blockade（封鎖）、accolade（授予武士爵位儀式 / 嘉獎）、tirade（激烈言論）、gasconade（吹牛）及 fusillade（一齊開槍）等。

(b) "由果類搾出的汁液"。

> 如我們飲的 "橙汁" 或 "檸檬汁"，便是 orangeade 和 lemonade。

-atory

構成形容詞時，有 "具有……特點的"、"由……產生的" 及 "做……的" 等。

如：accusatory（告發的）及 exclamatory（叫喊的）等。

-cide

表示 "殺"。

如：homicide（謀殺）、insecticide（殺蟲藥）及 suicide（自殺）等。

-cule

(法 / 拉) 字尾其實與 -cle 一樣，都是由法語或拉丁語轉來的。當它加在字尾之後，便構成表示 "微" 或 "小" 的名詞。

如：molecule（分子）、animalcule（微生物）及 corpuscule（細胞）等。

-es

加在以 s、z、ch、sh、o 或 y 為尾的原有動詞後，而構成直敘式的第三身單數所做的動作（簡單現在時態）。

如：She dresses ... .、He goes ... .、The bee buzzes.、He catches ... .、She brushes ... .、The girl tries ... .

不過如動詞為 y 尾，而 y 前有一個輔音，則先把 y 改為 i 才加 -es。但 y 前為元音時，不能加 -es，只加上 -s 而已。

如：The boy plays ...

此外，此字尾又可加在以上述的字母和以 x 為尾的單數普通名詞後，而構成同義的眾數名詞。

如：glasses、boxes、fuzzes、churches、brushes、mangoes 及 ladies 等。

字母 y 的處理方法有如上述。不過，有些不規則名詞並不依照這個原則。child － children 及以下以 x 和 o 字母為尾者，都不是加 -es 的。

如：ox － oxen，photos、pianos、kangaroos、ratios、solos、tangos、octavos、allegros、oratorios、mementos、radios 及 shampoos 等。

-esce

此為構成表示"開始"的動詞字尾，其相關意義的名詞為 -escence 尾，形容詞為 -escent 尾。

如：convalesce（開始復原）、effervesce（開始起泡）及 adolesce（開始進入青春期）等。

-ese

此為把國家或地方的專有名詞，改為形容詞或該國或該地的人、文或語言的名詞或形容詞時所用的字尾。但並不能一概而論，有的為 -ish 或 -ian 尾。至於以 -ese 為尾的字，大約如：Chinese（中國人／中文／漢語／中國的）、Japanese（日本人／日文／日語／日語的）及 Siamese（暹羅人／暹羅文／暹羅語／暹羅的）等。此外這字尾加在作家人名後，表示 "……的風格或體裁"。例如說 "約翰遜派的文體" 時，則為 Johnsonese。但如果加在職業性的普通名詞後時，雖也表示風格或派別，不過已經轉而為一種幽默的貶語了。

如：journalese（新聞文體，意為潦草，所以其真義應為 "潦草或草率的文體"）。

-ician

表示 "精通……者" 或 "……家" 等。

如：musician（音樂家）、physician（內科醫生）及 politician（政治家）。

-mo

加在基數的數詞後表示一張紙所切的開數。

如：sixteenmo／16mo（十六開）、thirty-twomo／32mo（三十二開）及 sixty-fourmo／64mo（六十四開等）。

-s

除不規則名詞及以 s、z、sh、ch 或 o 等字母為尾的名詞外，它用以構成眾數形的名詞。

如：book — books、boy — boys 及 girl — girls 等。

同時又可把它加在非以 s、z、sh、ch 或 o 等字母為尾的原有動詞，而構成直敘式簡單現在時態第三人稱單數動詞。此外又可加在縮寫字母、數字或字母後，而構成該字母、數字等的眾數。關於以上的例子，請參閱拼字規則部份的 Rule 18 及下面 's 那一條。但把分數讀成或寫成文字時，這個 -s 便不能少了。如分子為多於一時，無論讀或寫，都要在分母加上這個 -s。例如說"三分二"時，英文便為 two-thirds。又如"四分三"時，則為 three-fourths 等等。

-'s

其實這不過是所有號或省字號而已，但不少初學者弄得一塌糊塗。其用法不外：

(a) 加在有生命的單數名詞後而構成眾數形，表示 -s 後的人或東西為該有生命名詞所有。

如：the boy's book（那孩子的書）。

至於有些不是以 -s 為尾的眾數，而又有生命的不規則名詞的所有格，也可以加上這 '。

如：children's hands（孩子們的手）之類。

(b) 上面說過，這 's 只可加在有生命的名詞後，但有時某些沒有生命的名詞後也可以加上，尤其是表示時間的字或其他定語。

如：a week's holiday（一週的假期）、today's newspaper（今天的報紙）、for art's sake（為藝術而藝術）及 for mercy's sake（務請）等。

(c) 加在指人的無限代名詞後而成為所有格。

如：one's manner（一個人的禮儀）、somebody's book（某人的書）及 anyone's criticism（任何人的批評）等。

(d) 加在專有名詞、職業性名詞或人的名詞後，表示省了"家"、"店"或"學校"等這些名詞。

如：I am staying at John's (house).（我正留在約翰的"家"中）、He is studying at St. Paul's (school).（他在聖保羅"學校"就讀）及 I bought it from a butcher's (shop).（我從一間肉店——"屠夫的店子"——購買它）等。

(e) 加在字母、數字或縮寫後而構成該字母、數字或縮寫的眾數。

如：three 5's、two A's、Ph.D.'s（哲學博士們）、B.A.'s（文學學士們）及 M.B.E.'s（有這勳銜的人們）等。

不過剛才說過的 three 5's（三個五），有時可解作"三張五元紙幣"。然而在現代英語中，有人不依這規則，而只加 -s。如：three 5s 或 two As 等。

(f) 加在年代後，表示"……世紀……年代"。

如：1980's（二十世紀八十年代）。

(g) 用於以下各場合中，作為 is、has、does 或 us 的縮寫。

  i. He's / She's / It's + noun

     = He is / She is / It is + noun

  ii. He's / She's / It's + preposition + noun

     = He is / She is / It is + preposition + noun

  iii. He's / She's / It's + verb + ing ...

     = He is / She is / It is + verb + ing ...

  iv. He's / She's / It's + past participle ...

     = He has / She has / It has + past participle ...

  v. What's / Where's / When's / Why's + he / she / it + root verb ... ?

     = What does / Where does / When does / Why does + he / she / it + root verb ... ?

  vi. Let's = Let us

-scope

表示"……鏡"或"與鏡有關的觀察器鏡"。

如：cinemascope（寬銀幕電影）、microscope（顯微鏡）及 telescope（望遠鏡）等。

-shire

加在地方專有名詞後，表示"郡"。

如：Yorkshire（約克郡）及 Oxfordshire（牛津郡）等。

但當這 -shire 作獨立字用時，應讀作 [ʃaɪə]，如作字尾用時，則讀作 [ʃə] 或 [ʃɪə]，千萬不要誤讀。

-shy

加在名詞後，表示"怕或討厭該名詞所指的東西"。

例如在 gunshy（怕槍聲的）、thundershy（怕雷聲的）及 workshy（討厭工作的）等字中，可明其義了。

-ster

這字尾在中世紀時，原表示"做……業的女性"。

如在 spinster（織女）及 songster（女歌手）中見之。但後來被人廣泛用來表示"……徒"時，則不分性別。

如：gangster（歹徒）、gameter（賭徒）及 tapster（酒吧招待員）等。

此外，當它加在形容詞或少數動詞後時，含輕視的作用。

如：oldster（老傢伙）、youngster（年輕人）等。

又在以下的情形，則含有反義了。

如 dabster 一字本為妙手的意思，但實際只表示"對……事業一知半解的人"而已。

-teen

加在基數數詞後，表示由十三至十九的 "十"。

如：thirteen（十三）、fifteen（十五）及 nineteen（十九）等。

-trice

把有 -trix 字尾的名詞改為眾數形的字尾。

如：executrix（女遺囑執行人）為單數形；executrices 為眾數形。

-yer

表示 "從事……者"。通常加在以 w 字母為尾的字後而構成另一個名詞。

如：sawyer（鋸木者）、lawyer（律師）及 bowyer（弓箭手）等。

拼字技巧

Spelling Skills

默書常用拼字規則
Spelling Rules for Dictation

默書常用拼字規則
Spelling Rules for Dictation

　　大家都知道一個英文字是由若干個字母拼合而成，而其中一定至少要有一個元音，否則便不成字，同時也讀不出音來。由於有些字當中的字母，有時是不發音的，又有時因為配合所加的字尾或甚至字頭時，拼法不同之故，如果稍一疏忽或未明箇中奧秘，便往往串錯了，這一點相信在學學生經常會碰到，尤其是在默書時為然。此外，有些字的串法，又超出了一般文法書或課本所授的範圍之外。因此，拼字法為一專門學問，不過其中不少是有規則可尋的。現就本人讀書心得，列出一些最重要而且常易犯錯的串寫規則，以供參考。但讀者不能絕對奉為圭臬，運用時應牢記其例外者，則事半功倍了。有規則存在同時亦有例外相應而生，故此實難與之相提並論或者同日而語。

規則一至二十 Rule 1–20

規則一 Rule 1

　　f、l 和 s 等輔音中任何一個，在一個單音節的字尾，而前面只有一個元音時，通常拼法要加多一個同樣的輔音，如：puff、cliff、staff、call、bell、press 等。但有例外，如：if、of、pal、nil、is、clef、yes 等是。

規則二 Rule 2

　　一個單音節的字尾為輔音，而這輔音前有兩個元音時，不必遵從上述規則，換言之，不必再加同樣的輔音，如：oil、haul、door、main、peat、ail 等。但有例外，如：speiss、feoff。

規則三 Rule 3

除規則一中所述的 f、i 和 s 外，還有 b、d、g、n、p、t、z、r 等輔音，在一個單音節的字尾時，也往往要加多一個輔音方能成字，如：abb、ebb、add、odd、Ann、inn、Lapp、err、mitt、frizz。

規則四 Rule 4

一個單音節的字，不能只有 c 這個字母做字尾。按照拼字法規定，常是多加一個 k 字尾字母，如：lock、black、knock、wreck、rock。但有例外，如：soc、sac（和 sock 及 sack 異）、talc、fisc、orc。

規則五 Rule 5

兩個音節以上的字，而字尾字母為 -ic 或 -iac 時，除 derrick 這個字之外，不用多加 k 這個字母了。如：public、music、cubic、maniac 和 elegiac 等。但如果 c 前不是 i 或 ia 字母而是其他的元音時，便要多加 k 了。如：attack、barrack、hammock、hillock。至於 rebec、almanac、havoc 就是例外。

規則六 Rule 6

一個字的最後字母為 c 而發 k 音，如要加上 -ed、-er 或 -ing 等而轉成另外一詞類的字時，要在 c 後多加 k，使 c 保持 k 音，不致混淆為 s 音。如：trafficked、trafficker、trafficking、picnicked、picnicker、picnicking。

規則七 Rule 7

兩個音節的字而最後字母為一個元音後接 l 時，則無論重音在那一節（包括兩音節以上的字），在加上用元音為首的字尾而轉成另一種詞類時，應加多一個 l 後才加字尾。如：snivelled、cancelling、jeweller、repellant、rebellious、libellous 等。但美式英文則不加 l 這個字母。

規則八 Rule 8

單音節或以上的字，如果它的最後字母為輔音，而這個輔音前僅有一個元音，同時重音又放在最後一節時，在加上用元音為首的字尾前，應先加多一個同樣的字母。如：planned、planning、baggage、witty、beginner、beginning、referred、referring。加多一個同樣字母才加字尾的目的，是要保持前兩個元音讀成短音，不致誤為長音。如果 plan 加上 -ed 而不加 n 時，便成為 planed，但這個字和 planned 發音不同，planned 中的 a 為 [æ] 音，而 planed 中的 a 為 [eɪ] 音。不過如果重音在第一節時，便不用加了。如：open — opened、offer — offered — offering、happen — happening、differ — difference、visit — visitor、loyal — loyalist、murder — murderer、enter — entering 等。同時此規則也不適用於以 h 和 x 字母為尾的字，同樣如果本來的字是第一節重音，但加了字尾之後，重音的次序轉在第二節或以後時，也不適合這規則。如：prefer [prɪˈfɜː] 加上 -ence 時，成為 preference，但要改讀為 [ˈprɛfərəns / ˈprɛfrəns] 的情形下，則不必加多 r 這字母了。但如果 prefer 加上 -ed 時，重音仍在第二節，那麼這個字母 r 便要加上而寫成 preferred。

規則九 Rule 9

有些字的最後字母為無音 e (silent e)。所謂無音 e，即是那個字母 e 不發音，它的作用只不過把它前一個元音作長音而已，例如 case 一字的最後字母為無音 e，從它倒數第三個字母為元音，這個元音往往讀作長音。（長音者即字母名稱的音）在這情形下，加上以輔音為首的字尾時，這個無音 e 不能省去。如：move + -ment = movement、excite + -ment = excitement、hate + -full = hateful、pale + -ness = paleness 等。但如果這個無音 e 前是另外一個元音時，這個 e 要先省去才能加上以輔音為首的字尾。如：argue – e + -ment = argument、true – e + -th = truth、true – e + -ly = truly 等是。

規則十 Rule 10

一個有無音 e 的字，而這個無音 e 是 ce 或 ge 的 e，在加上用輔音為首的字尾時，或用不是 e 或 i 這兩個元音為首的字尾時，這個無音 e 仍要保留，目的是要使 c 仍為 [s] 音，g 仍為 [dʒ] 音。如：peace + -ful = peaceful、peace + -ably = peaceably、age + -less = ageless、manage + -able = manageable、courage + -ous = courageous、judge + -ment = judgement 等是。

至於加上用 e 或 i 為首的字尾，這個無音 e 便要省去了。如：age – e + -ing = aging、trace – e + -ing = tracing、trace – e + -ed = traced、indulge – e + -ent = indulgent、irreduce – e + -ible = irreducible 等。

規則十一 Rule 11

有無音 e 的字（但不是 ce 和 ge），加上用元音為首的字尾時，這個 e 要先省去才能加上字尾。如：love – e + -ing = loving、love – e + -ed = loved、love – e + -able = lovable、tire – e + -ing = tiring、dine – e + -ed = dined、dine – e + -ing = dining、behave – e + -iour = behaviour、write – e + -er = writer、write – e + -ing = writing 等。

規則十二 Rule 12

有些字以無音 e 字母為尾，但這 e 前又有一個元音字，如 hoe、toe、shoe 等，在加上 -ing 時，仍保留這個無音 e，使之不致誤讀。如：hoe + -ing = hoeing、toe + -ing = toeing、shoe + -ing = shoeing。又 dye、singe、springe、swinge、tinge 等字加 -ing 時，這 e 不能省去，使有別於 dying、singing、springing、swinging 及 tinging 等。（但 shoe + -er 時要 – e + -er = shoer）

規則十三 Rule 13

有些字的最後字母為 ie 者，加 -ing 時，要先把 ie 改為 y，因為如果只省去 e，而加 -ing，那麼便有兩個 i 了。如：tie — tying、lie — lying、die — dying、hie — hying、vie — vying。

規則十四 Rule 14

最後字母為 y，而 y 前為輔音，在加上非用 i 為首的字尾時，先要把 y 改 i 才加字尾。如：icy — iciest、icy — icily、mercy — merciless、mercy — merciful、tidy — tidiness、modify — modifier、pity — pitiful、purify — purification、purify — purificatory 等。但單音節的字最後字母為 y 時，加字尾前，這 y 不必改為 i，直加字尾便可。如：shy — shyest — shyness、sly — slyest、dry — dryly — dryer / drier、spry — spry。

至於加 -ship 或 -like 而轉成另一個字時，y 也不改為 i。如：lady — ladyship、country — countrylike、secretary — secretaryship。

規則十五 Rule 15

如英文字的最後字母為 y，而 y 前又緊接一個元音時，在加上任何字尾時，那個字母 y 不必改變。如：enjoy — enjoying — enjoyable — enjoyed、play — player — playing — played、obey — obeyed、buy — buyer — buying 等。

規則十六 Rule 16

有些字以 le 兩個字母為尾，這 le 的作用是決定前面的元音是否作長音讀。如果 le 前有另一個輔音才到元音，則這個元音應讀作長音。如：a 為 [eɪ]；e 為 [iː]；i 為 [aɪ]；o 為 [əʊ] 等。如果 le 前有另外兩個輔音時，這個元音便要讀短音。如：able ['eɪbəl]、apple ['æpəl]；bible ['baɪbəl]、dribble ['drɪbəl]；ogle ['əʊɡəl]、google ['ɡuːɡəl] 等。

規則十七 Rule 17

雙元音 ei 的讀法有幾個：

1. 如果後面緊接字母 r 時，通常讀作 [ɛə]。如：their [ðɛə]、heir [ɛə]。

2. 後面有 g 或 n 時，通常為 [eɪ]，如：eight、weigh、neighbour、reign、vein 等。但有時也讀作 [aɪ]，如：height、either、neither 等。此外，ei 也讀作 [iː] 音，如：receive、deceive 等。和這個 ei 讀 [iː] 音的，還有 ie，也一樣讀作 [iː] 音，如：believe、thief 等。因此，在拼串一些字時，很容易把 ei 串成 ie [iː]，這一點不獨中國學生為然，甚至連以英語為母語的外國人也會弄錯。有一個笑話，傳說有一個外國教授偶然在同一場合中，要為學生寫出 receive 和 believe 時，一時忘記了那個應為 ie 而那個應為 ei，於是情急智生，把它們寫成 *receive* 及 *believe*。

這樣一來 i 也像 e，e 也像 i 了。其實如果明瞭其規則，大致上不會出錯。所謂規則也很簡單，凡在 s 音後的，往往串成 ei，其餘則要串成 ie。如：(ei) receive、receipt、deceive、deceit、conceit、perceive、ceiling 等；(ie) believe、belief、thief、brief、relief、grief、chief、retrieve、niece、piece、shriek、priest、field、hygiene、shield、field、yield、achieve 等。

規則十八 Rule 18

以下是把一個普通名詞由單數改為複數的拼法。（對於一些不規則名詞的拼法則從略了）

一般來說，把單數名詞改為複數時，只在該名詞後加上 -s 便可。如：book — books、boy — boys、hand — hands、pen — pens 等。但如果該名詞有下面的情形，拼法便不同了。

1. 如果名詞為字母 s、x、ch 和 sh 尾時，要加 -es 才能變為複數形。如：dress + -es = dresses、glass + -es = glasses、church + -es = churches、brush + -es = brushes、box + -es = boxes。

2. 名詞以 f 或 fe 字母為尾，變複數時，把 f 或 fe 改為 -ves 才能成為複數形。如：calf — calves、life — lives、loaf — loaves 等。但有些並不遵守這條規則。如：chief — chiefs、proof — proofs、gulf — gulfs、roof — roofs、reef — reefs、safe — safes、hoof — hoofs / hooves、wharf — wharfs / wharves、staff — staffs 等。

3. 名詞最後的字母為 o 時，分開兩種方法來處理：
   (a) 前有一輔音時，便要加 -es。如：hero — heroes、echo — echoes、halo — haloes、mosquito — mosquitoes、volcano — volcanoes、

cargo —— cargoes 等。但亦有些例外，solo —— solos、photo ——
photos、piano —— pianos、casino —— casinos、tango —— tangos、
octavo —— octavos 等便是。

(b) 如果 o 前不是輔音而是元音者，則只加 -s 便可了。如：radio ——
radios、kangaroo —— kangaroos、oratorio —— oratorios、ratio ——
ratios、shampoo —— shampoos、bamboo —— bamboos。

4. 如名詞以 y 字母為尾時，可依下面規則處理：

(a) 倘名詞為元音加上 y 字母結尾，改為複數時，只加 -s。如：boy ——
boys、toy —— toys 等。

(b) 如名詞為輔音加上 y 字母結尾時，便要先把 y 改 i，然後加上
-es。如：lady —— ladies、sky —— skies、army —— armies。

5. 雖然 u 為元音，但這個 u 在 q 後時，便等於輔音的 w 了。所以在此情
形下，仍照 4(b) 規則方法處理。換言之，也是 y 先改 i 才加 -es。如：
colloquy —— colloquies。

　　關於字母、數目字、符號及非用以表達本意的字作複數時，完全並
不依照上述由單數改為複數的任何一條規則來拼寫，拼寫時應用 's 的方
法了。例如說 "兩個 8" 便要寫成 two 8's。又例如 "在 call 這個字裏有兩
個 l"，譯成英文時便是 There are two l's in the word 'call'.。大家都知道
book 的複數為 books。但如果我們要說 "你在這段用得太多 book 這個字
了" (You have used too many book's in this paragraph.)，這句話的意思是指
book 這個字，並不是說用過 "太多本書"。同樣地對於符號也是一樣寫
法，假如你要說 "我不明白你為甚麼放兩個 *（星號）在這個字上"，要譯
成英文便要這樣 I don't understand why you put two *'s above this word. 拼
寫了。

規則十九 Rule 19

上面曾經說過，這裏所討論的名詞複數拼寫法，並不包括不規則名詞在內。這些名詞沒有具體的拼法規則可尋，有些名詞複數拼寫起來和單數一樣，deer、sheep、trout、grouse 和 swine 等，便是老生常談的例子，有些則改換一些元音來拼寫，便成複數。以下的每一對名詞的第一個是單數，第二個是複數，試看它們的拼法怎樣。foot — feet、man — men、goose — geese、tooth — teeth 等。不是把當中的元音字改了嗎？剛才所舉的 goose 作 "鵝" 解時，複數為 geese，但如果這個 goose 不是作 "鵝" 解，而它的意義為 "熨斗" 時，它的複數又要拼作 gooses 了。此外，die、pea、index、penny、brother、stamen、staff 和 genius 等之類的字，有兩個不同的複數，也因複數拼寫有異而意義亦有分別，現約述如下：

1. die 作 "鑄模" 解時，複數拼為 dies；作 "骰子" 解時，複數要拼作 dice [daɪs]。

2. pea 意為 "豌豆或為豌豆類植物"（集合名詞），前者有指定數詞限制時，應拼為 peas [piːz]。例如說 "兩顆豌豆" 便為 two peas，後者的複數在古英語裏拼為 pease，現在已不常用。

3. index 作索引解，複數為 indexes。但作指數解時，複數是 indices ['ɪndɪˌsiːz]。

4. penny 意義為值一便士的硬幣，複數是 pennies。但如果一個硬幣的面值是六便士時，這個 penny 的複數便是 pence 了。假如說 "我只有這個六便士（幣面值），但我需要六個一便士（幣面值）的"，寫成英文便要這樣寫 I have only this six pence, but I want six pennies.

5. brother 意為兄弟（指同母所生的），複數當然為 brothers。不過泛指一般的 "兄弟" 時，如 "主內兄弟"、"四海之內皆兄弟"，又或者某種會社的"弟兄們"等的所謂"兄弟",複數要這樣拼寫 brethren ['brɛðrɪn] 了。

6. stamen 意為經線,複數應拼為 stamina ['stæmɪnə]。它的意義轉為雄蕊時,它的複數便要拼作 stamens。

7. staff 解作旗竿或樂譜的五線譜時,複數有兩種拼法 staves 或 staffs;不過解作職員(全體)或參謀部(整體)時,複數只可拼為 staff 而已。

8. genius 這個字也有兩個不同複數拼法。geniuses 是解作天才的複數,genii ['dʒiːnɪˌaɪ] 是作為守護神或妖怪的複數拼寫法。

規則二十 Rule 20

最後,我們談談構成規則動詞過去時態及過去分詞的 -ed 讀音問題。有一次在我由倫敦返港途中,偶然和鄰座的外籍乘客攀談,她原本也是教書的。我們既是同行,自然把話題扯到和教書有關的來打發漫漫長途的時間。她告訴我,她們英國人也有些對這 -ed 的讀音讀錯的事,這也不奇,我們中國人不是也有些把中文字讀錯嗎?我曾聽過一位電視藝員把"喁喁細語"讀成"偶偶細語"及"舐犢情深"讀成"徙犢情深"等諸如此類的錯誤。以下有關 -ed 讀音規則或會對你有些幫助。

1. 當 -ed 加在以 k、p、f、ch、sh 或 s 為尾的動詞時,它的讀音應為 t 音了。如:kicked、 hoped、 helped、 laughed、 puffed、 punished、 washed、 chased、 dressed、 raced 及 looked 等。

2. 如果它加在以 g、b、m、n、l、v、z、ge、th [ð] 或多數元音結尾的動詞時,它的讀音是 d 音。如:begged、robbed、climbed、formed、reasoned、 skilled、 received、 amazed、 managed、 bathed、 radioed、 replied、 weighed 及 borrowed 等。

3. 它在以 t、d 或 ri 為尾的動詞時,它的讀音是 [ɪd]。如:wanted、wounded 及 carried 等。

附　錄

Appendices

練習 Exercises
答案 Answer Key
參考書目 Bibliography

練習 Exercises

A 請改以下名詞為複數形式。

1 deer (　　　　　　　　)

2 sheep (　　　　　　　　)

3 trout (　　　　　　　　)

4 grouse (　　　　　　　　)

5 swine (　　　　　　　　)

6 foot (　　　　　　　　)

7 man (　　　　　　　　)

8 goose (　　　　　　　　)

9 tooth (　　　　　　　　)

10 die [鑄模] (　　　　　　　　)

11 index (　　　　　　　　)

12 staff [五線譜] (　　　　　　　　)

13 penny (　　　　　　　　)

14 genius (　　　　　　　　)

15 executrix (　　　　　　　　)

16 ox (　　　　　　　　)

17 photo (　　　　　　　　)

18 piano (　　　　　　　　)

19　kangaroo (　　　　　　　　　)

20　ratio (　　　　　　　)

21　solo (　　　　　　)

22　tango (　　　　　　　)

23　octavo (　　　　　　　　)

24　allegro (　　　　　　　)

25　oratorio (　　　　　　　　)

26　memento (　　　　　　　　)

27　shampoo (　　　　　　　　)

B　填入詞綴改變字詞的意義或詞性。

1　orange + (　　　　　) = (　　　　　) 橙汁

2　block + (　　　　　) = (　　　　　) 封鎖

3　clock + (　　　　　) = (　　　　　) 順時針方向

4　money + (　　　　　) = (　　　　　) 金錢方面

5　three + (　　　　　) = (　　　　　) 三人一組

6　son + (　　　　　) = (　　　　　) 兒子身份

7　hero + (　　　　　) = (　　　　　) 英雄本色

8　workman + (　　　　　) = (　　　　　) 手藝

9　after + (　　　　　) = (　　　　　) 最後頭

10　biblio + (　　　　　) = (　　　　　) 藏書癖

11　bird + (　　　　　) = (　　　　　) 小鳥

12　pig + (　　　　　) = (　　　　　) 小豬

13 duck + (　　　　) = (　　　　) 小鴨

14 lamb + (　　　　) = (　　　　) 小羔羊

15 boy + (　　　　) = (　　　　) 孩子氣

16 (　　　　) + centenary = (　　　　) 二百年一次

17 (　　　　) + name = (　　　　) 別號

18 (　　　　) + act = (　　　　) 共同行動

19 (　　　　) + assemble = (　　　　) 解散

20 (　　　　) + case = (　　　　) 把某物入箱

21 (　　　　) + cycle = (　　　　) 單腳腳踏車

22 (　　　　) + impressionism = (　　　　) 新印象派

23 (　　　　) + present = (　　　　) 無所不在

24 (　　　　) + Asian = (　　　　) 泛亞的

25 (　　　　) + war = (　　　　) 戰後

26 (　　　　) + plan = (　　　　) 預先計劃

27 (　　　　) + consul = (　　　　) 副領事

答案 Answer Key

A

1 deer
2 sheep
3 trout
4 grouse
5 swine
6 feet
7 men
8 geese
9 teeth
10 dies
11 indexes
12 staffs
13 pennies
14 geniuses
15 executrices
16 oxen
17 photos
18 pianos
19 kangaroos
20 ratios
21 solos
22 tangos
23 octavos
24 allegros
25 oratorios
26 mementos
27 shampoos

B

1 orange + (-ade) = (orangeade) 橙汁
2 block + (-ade) = (blockade) 封鎖
3 clock+ (-wise) = (clockwise) 順時針方向
4 money + (-wise) = (moneywise) 金錢方面

5　　three + (-some) = (threesome) 三人一組

6　　son + (-ship) = (sonship) 兒子身份

7　　hero+ (-ship) = (heroship) 英雄本色

8　　workman + (-ship) = (workmanship) 手藝

9　　after + (-most) = (aftermost) 最後頭

10　　biblio + (-mania) = (bibliomania) 藏書癖

11　　bird + (-ie) = (birdie) 小鳥

12　　pig + (-let) = (piglet) 小豬

13　　duck + (-ling) = (duckling) 小鴨

14　　lamb + (-kin) = (lambkin) 小羔羊

15　　boy+ (-ish) = (boyish) 孩子氣

16　　(bi-) + centenary = (bicentenary) 二百年一次

17　　(by-) + name = (by-name) 別號

18　　(co-) + act = (co-act) 共同行動

19　　(dis-) + assemble = (disassemble) 解散

20　　(en-) + case = (encase) 把某物入箱

21　　(mono-) + cycle = (monocycle) 單腳腳踏車

22　　(neo-) + impressionism = (neo-impressionism) 新印象派

23　　(omni-) + present = (omnipresent) 無所不在

24　　(Pan-) + Asian = (Pan-Asian) 泛亞的

25　　(post-) + war = (postwar) 戰後

26　　(pre-) + plan = (preplan) 預先計劃

27　　(pro-) + consul = (proconsul) 副領事

參考書目 Bibliography

1 《英譯廣東口語詞典》(*A Dictionary of Cantonese Colloquialisms in English*)，商務印書館 (香港) 有限公司，2013。

2 *Collins Cobuild Advanced Learner's Dictionary*, HarperCollins Publisher, 2018.

3 《牛津英語大辭典》(*Oxford English Dictionary*)，牛津大學出版社，1933。

4 《韋氏新國際辭典》(*Merriam-Webster New International Dictionary*)，韋伯斯特出版社，1961。